雪本无色，有谁真见过香雪，苦苦追寻，只是因为它难吗？勇者不惧，知其不可而为之，这便成了向君他们的死穴

题赠《香雪文丛》 壬寅 钟叔河

回首来时路

邢小群　著

山西出版传媒集团　北岳文艺出版社

·太原·

图书在版编目(CIP)数据

回首来时路 / 邢小群著. -- 太原:北岳文艺出版社,2024.5

(香雪文丛 / 向继东主编)

ISBN 978-7-5378-6855-6

Ⅰ.①回… Ⅱ.①邢… Ⅲ.①散文集—中国—当代 Ⅳ.①I267

中国国家版本馆CIP数据核字(2024)第095057号

回首来时路

邢小群　著

//

出品人
郭文礼

选题策划
谢放

责任编辑
吴国蓉

书籍设计
张永文

篆　刻
李渊涛

印装监制
郭勇

出版发行:山西出版传媒集团·北岳文艺出版社
地址:山西省太原市并州南路57号
邮编:030012
电话:0351-5628696(发行部)　0351-5628688(总编室)
传真:0351-5628680
经销商:新华书店
印刷装订:山西人民印刷有限责任公司

开本:787 mm×1092mm　1/32
字数:180千
印张:6.625
版次:2024年5月第1版
印次:2024年5月山西第1次印刷
书号:ISBN 978-7-5378-6855-6
定价:78.00元

本书版权为我社独家所有,未经本社同意不得转载、摘编或复制

总 序

香雪是广州地铁6号线的一个终点站名。近几年，常往返于6号线上，每每听到这个报站，总觉得有味。有时拿起一张地铁线路示意图，一个个站名过一遍，唯觉得香雪这名儿富有内涵，让人遐想。

记得还是二十世纪八十年代，曾参加一次文学讲座。一位诗人教导我们如何作诗，他顺口溜出几句写雪的诗："江山一笼统，井上黑窟窿。黄狗身上白，白狗身上肿。我就去打酒，一脚一个洞……"显然，前四句是唐人张打油的《雪诗》，后面恐怕是他随意发挥的。他说这首诗，好就好在全诗没有一个"雪"字，却把"雪"惟妙惟肖写了出来。作为一个客住之人，我对粤文化所知有限，不知当地是否有咏雪的诗篇遗存；即便有，也不会太多吧。

广州是个无雪之城。每年冬天，要看雪，只有北上远行。市郊有广州海拔最高的白云山，冬天偶尔也会飘几粒雪花，但落地即融化。香雪之名缘何而来？后来才知道是萝岗有一香雪公园。旧时，广州也有"羊城八景"之说，香雪自然名列其中。

羊城人喜欢雪，就因为无雪吧。

由广州人好雪，我联想到一个有趣的问题：凡生活中没有的东西，人们总是越想得到。譬如一个美好的愿望，其实就是一种精神诱导，或叫一种心理安慰剂，尽管如镜花水月，而有，总比无好。画饼还是要的。未来是美好的，现在吃苦受累，就是为了将来。天堂并不是虚妄的。然而，经验却告诉人们，越是根本不存在的事儿，越是大张旗鼓，堂而皇之，煞有介事，以期达到望梅止渴……我是个过了耳顺之年的人，河东河西，一生也算见过不少，如要追溯这传统，恐怕比我辈年长，只是觉得于斯为盛罢了。

香雪之所以拿来做了丛书名，也是一时想不到更合适的。至于能做到多大的规模，还真不好说。唯愿读者开卷有益，也愿香雪能带给人们不一样的遐想。

是为序。

向继东

二〇二二年三月于广州

宠惯和打骂都要不得

我出生在一个多子女的家庭。姐妹兄弟六个，还不算一个七岁时病故的智障妹妹。我排行第三。1952年1月我出生时，已经有了两个姐姐。大姐在张家口出生，她的名字内含着红色土地上婴儿之意；二姐出生在北京，就叫京京（后改名）；生我时，母亲说，已经一小群了，就给我起名叫小群。我的妹妹随后叫了晓明。妹妹后面还有两个双胞胎弟弟，因为是"大跃进"时出生的，名字也与跃进有关。那个年代的人给孩子起名和早年间不同，很少相关某种品质或寄托某种期望——像娴、淑、福、贵，而多是和国家大事联系在一起。如建国、建设，或更直接，如我朋友：李银河原来的小名叫"三反"，她是三反运动时生的；张政协是1949年开"政治协商会议"时生的；阮援朝，是抗美援朝时生人。我们姊妹之间，无论相差多少岁，也没大没小，直呼名字。在家有争平等的意思，也受文化界风气和看外国书籍的影响，认为直呼名字，很现代。

20世纪50年代，多子女现象比较普遍。如果某家庭只有两三个孩子，就算是子女较少的了。印象中子女少的家庭，穿戴比较齐整。但是那个年代，不管孩子多少，宠惯孩子的现象少。什么原因？我一直在琢磨。西方发达国家宠惯孩子的现象好像不多，文化背景一方面来自宗教：孩子是上帝的，你的责任是如何养育他成人，服务于上帝；一方面来自民主宪政理念：孩子有与生俱来的权利，你的义务只是监护和教育，不能打骂，也不能娇宠。况且以个体为本位的西方人不会因为孩子牺牲或放弃个人的价值生活。中国传统文化是：子女为父母所属，是传宗接代之物。子不教，父之过。传统的耕读之家，父母把如何做人放在首位，家长起码要做出管教严厉之状。到了20世纪五六十年代，人人都成了为国家、为单位的工作狂。工作狂们不懂得为生活和教育质量安排生育，没有方便的节育措施，更重要的是那时的国策以多生为荣。孩子多了，一般不会特别宠惯哪一个。这是较普遍的现象。当然，有普遍，就有个别。

我父母都是抗战期间参军入伍的干部，又都在文艺界工作，按理说，应该有些文化修养，教育孩子也得法一些。可惜不然，我父亲，从思想到行为，都很专断。他倒不重男轻女，而是走两个极端：一是偏爱宠惯，一是粗暴打骂。一般家长会宠爱最小的，但他最宠爱的是我大姐。他动不动就打骂孩子，很少给我们好脸色看，却从来没有戳过大姐一个手指头。十几岁以后，我父亲一发火，最常说的话是：有本事，滚出这个家门。好在，我们听多了，也麻木了。这是最伤害亲情的话。以前，我也想不明白：如果你性格暴躁，禁不住任何风吹草动，对妻子亦如此，为什么对有的人就能不那么暴躁？比如，他对大姐就没有说过这样的话。后来看别人家的故事多了，才体会到，父亲自己从小没有良好的原生家庭教养。在传统社会、传统家庭秩序下，即便他有爱，也不大懂得怎样表达爱、怎样做父亲。于是，父亲给自己家庭成员平添了不平等的待遇。

和同时代人聊天，都说上学时，做孩子的学习怎样，放学后干什么，父母是不怎么管的。一方面没有时间，一方面也信任幼儿园和学校。无暇教育，便推给社会，恐怕也是那个时代的特征。

1959年，经济困难的状况在全国各城市已显征兆，买食品有了限制，家里的定量粮食已不能让家人吃饱。正在襁褓中的两个双胞胎弟弟除牛奶之外，还要补吃糕干粉（奶粉与米粉的混合物），这让我们几个大孩子看着非常眼馋。记得，我们大一点的小孩，常常争着去刮锅，吃黏在锅里的糊糊。那时街上还是有不要粮票的饭馆，父亲时不时要下一次饭馆。我看很多文化人的回忆录，即便挣钱很有限，友人相聚，家人改善生活，仍是去饭馆的。这也不是父亲的专长，可能是民国时代留下的遗风。子女多，父亲每次只能带上一两个，但大姐似乎每次必去，其他人轮流排队。1959年，我七岁，我们家在天津，记得我被带出去吃饭两次，一次吃米饭、红烧对虾；一次吃茴香馅的饺子，感觉很香，在家里已经很少吃了。父亲偶尔赴一次招待外国人的宴请。父亲说到他最好的朋友诗人田间，总带玩笑地说："我们是酒肉朋友。"晚年，有一次他对我说，那时有个不成文的规定，谁挣得多，谁掏钱包。可能他让田间掏钱包多。

在中国，说到宠惯，多表现在重男轻女上。我母亲家姊妹五个，只有我舅舅一个男孩，他常被比喻为：满天星星只有一个月亮。妹妹生下来，母奶还要让哥哥吃，给妹妹喂其他东西。全家吃红薯面窝窝时，要给舅舅蒸一碗二米饭；家里人吃玉米面窝窝时，让他吃白面馒头。舅舅人很善良，知道敬姐爱妹，但他在家没有吃过什么苦，一直在上学。1960年代，除了饥饿、腿疼，不知还有什么原因，在人民大学读书的舅舅，硬是弃学回乡，结果终生为农。在农村，他不是能承受重体力劳动的受苦人；在生产队，他一个人劳动，养着家里六七张嘴，五十多岁就病逝了。小时受娇惯，成年后他的日子过得最苦。

我们小的时候，父亲总告诫我们当妹妹的，要让着大姐，吃的、穿的、玩的，都以她为先。比如，分吃苹果和梨，如果当妹妹的拿了大一点儿的，姐姐就阻止，要求重拿，一定是她拿了大的，才算了事。父母也没有对大姐提出过关照弟妹的责任，以至于我们当妹妹的干家务最多。我始终不明白：她不比我们身体差啊！可能的解释：大姐最先给父亲带来为人父的幸福感；大姐长得很像我奶奶——父亲心里怀念着他已不在人世的母亲。1937年离家的父亲是在1949年后回家找父母的，已是"子欲养而亲不待"。总之，在我们家，大姐最不能吃苦。上山下乡时，大姐说自己身体不好，不能到农村插队。从来不求人的父亲，专门找到自己认识的军代表，请他们想办法给大姐安排在城市里的工厂工作。大姐在养育儿女过程中，也总是诉苦，希望得到父母的更多帮助。当然，大姐的儿女成人后，她对父母的关心、孝顺从感情上看是较强的。对我们为妹妹、弟弟的，也总是很宽容、大度，当大姐的风范回来了。我暗想，父母没有白疼她。我们那一代人的家庭伦理，还在起作用。

被宠惯的孩子，从精神上看都比较自私。因为别人为他着想多，他已视为习惯。他很少为别人着想，平日里很少主动关心别人、帮助别人，优越的生活似乎也不需要他做些什么。我感到干部家庭中，这种孩子较多。家庭条件好，从小没有学会分担。一事当前总是先想自己，站在对方角度考虑很少。记得上大学时，我熟悉的一个阿姨到学校看女儿，顺便也看看我。阿姨友善地想在这个城市找熟人为朋友解决什么困难，她女儿当着我的面儿说："妈，别把咱家的关系用完，以后我还要用呢！"我一怔，相信她连脑子都没有过，就说出了自己潜意识中的想法。

在我看来，对儿女的教育，七分在家长的言传身教，润物无声。独生子女，也可以不宠惯。有个事例，总让我难忘。有一年暑假，在庐山开大学语文研讨会。来自云南的尹雯带着小学五年级的女儿来参会。饭桌上总见这孩子主动给一桌的长辈们倒饮料、盛饭、盛汤。我与她们母女住在一个标间，有一次听到她爸爸与孩子通话，爸爸最后叮嘱孩子说："照顾好妈妈。"我听后，很感慨：时下独生子女那么自我，让家长们不知所措，这个孩子父亲对她的教育，无形中培养了她的责任感。我们相识时，很多事都是这孩子主动在做，说明正是父母平时对她的影响。果然，这个孩子在学校不但学习好，而且一直当班干部。大学四年级时被选为全国学联执行主席，在北京工作了一年。大学毕业后，她出国留学，与一位台湾青年恋爱结婚。那位台湾青年喜欢这大陆女孩儿什么呢？她独立的担当能力和责任感难道不是从小培养的吗？

我母亲始终没有母乳，没有给自己的孩子喂过奶。我生下来不久，被亲戚介绍，从北京送到天津让奶妈喂养。当时我的二姐才一岁，家里已经有一个保姆。大姐三岁，刚上幼儿园。我母亲相信在天津的继祖母会关照我。奶妈为了挣钱，没有了奶水，也不说，天天给我喝米汤、面糊糊，使得我在八个月时软得还不会坐，小细胳膊能拽起一层皮。后来，父亲到天津出差去看我，发现我的状态很不正常，赶紧让继祖母陪着把我抱回北京。母亲抱着我看了两三家医院，都说没有什么病，就是饿的。继祖母留在北京，看护了我一年，细心地喂养。她说，我的肠胃吸收不了牛奶，总是拉稀。她就把白米熬到看不出米粒，放上姜末，搅上鸡蛋，一口一口地喂我，慢慢地，我能在床上站住，才正常起来。两岁时，我上了幼儿园。因我从小体质不好，年年犯气管炎甚至肺炎，在家里个头最小，但也轮不上被多关照。

我和二姐都有主动迎接困难的成长经历。和很多条件相当的孩子比起来，我们属于有勇气上山下乡的人。在农村，也没有因超体能的劳累和生活艰苦而畏缩。下乡三年，有些家庭经常一盒一箱地往乡下寄食品、用物，包括乡下没有的卫生纸。那些家长即便不富裕，父母总觉得自己苦一些，也不要让孩子在乡下太遭罪。我母亲从没有给我们寄过任何东西，父亲也没有给我们写过一封信一个字。母亲对那种无微不至的家长很不以为然。她认为干部子女在任何时候都不能搞特殊，那样会脱离群众。到哪儿随哪儿，人家能活，咱就能活。父亲那时在受审查，自顾不暇。况且他也没有与子女在做人做事上交流的习惯。多年后，我把自己发表在报刊上写插队生活的文章给母亲看，她这才知道，我们当时是很艰苦的。我说："你插队的村子离我们只有二十多里路，你从来没有想过去看看我们吗？赵二湖的大姐、郝兰的弟弟都到过我们村。"她沉默了一会儿说："我当时在村里很忙啊！"其时，她作为下乡干部，就兼任个村支部副书记。我心说，你就没有这个心！她后来反思，说自己确实欠缺亲情，对我们关心不够。多子女的家庭，并不一定欠缺母爱、父爱，对此著书、著文者，多多。但在我们家，让我感觉，我们的存在，可有可无。

出生在这种家庭，总是想早些自立。1977年恢复高考，一些已经结婚或有孩子的人也参加了高考；工龄在五年以上的，可以带工资上学。当时我大姐有个一岁多的女儿。大姐高中数理化学得很好，很想去学医。后来她想，即便考上了，读书时还需要克服生活上的困难；她的无名手指出生后受到伤害，有人说她不能学医；加上她的丈夫并不支持，所以高考的事她自己没再坚持。以她的资质，拼搏一下，考上大学不无可能，父母也没有表现出积极支持的态度。我的中学同学徐方，1977年姐妹兄弟三人同时考上大学。他们的父母欣喜万分，全力以赴供他们上学。她父亲是西南联大毕业，母亲是燕京大学毕业，可见真正的知识分子家庭和我们家就是不一样。

山西大学外语系有一个同学，她和丈夫都是北京知青，又同时考上大学。当时她已经怀孕，学习期间生了一对双胞胎。他们夫妇二人一心要上完大学，分别和自己的父母说，如果你们不帮助我们，我们就把孩子送人。结果双方老人帮助他们养育了孩子。

娇惯的孩子会怎样？不娇惯的孩子又会怎样？我只能从身边去体悟。

如今，那些三十大几还在家啃老、不想工作的青年人，何以能如此？肯定有他们的"被惯养史"，或许也有父母的"专断史"，而他们总爱把自己的不幸都推到父母身上。我曾经对自己的学生说，大学毕业工作不好找，即便是做家教、刷盘子、扫大街都可以。只要是用自己的劳动养活自己，就不失尊严。

在观赏《动物世界》时，我发现，当母狼认为她的孩子不需要她喂养时，她就会以非常冷酷决然的姿态将他们赶出家门。哪个孩子要往回跑，她都怒目龇牙，一点不怜惜。这是出自本能的爱护和责任。

六十岁这年，我退休；六十岁这年，我当了奶奶。当时，一想到我要当奶奶了，心里总要涌起一片暖意。人真是很奇怪，那种怕拖累、怕时间被大量占去的心理，渐渐淡去；莫名的兴奋慢慢地汇集起身体的有限能量，希望做出一个祖母应该做的一切。自认为，做母亲还可以，因为我的儿子从做人到做事都比较优秀。他始终是我心中的骄傲。能不能当好奶奶呢？隔代溺爱，我能克制自己的感情吗？时时提醒自己，千万不能娇惯孩子，一定要找到爱他又能培育他的好方式。

我们的田野

1959年9月我上小学时，已经七岁半了。入学那天，是长我四岁的大姐带我去的。

小学，我上过四个。我上的第一所小学是"天津国家银行子弟小学"。我家不是银行系统的人，当时住在天津西安道，可能是因为学校离家近吧。那所小学我只待了半年，印象太浅。唯一记得的是，学校的喇叭总在放一首歌——"我们像双翼的神马，飞驰在草原上，啊哈嗬咿……草原万里滚绿浪，水肥牛羊壮。再见吧绿色的草原，再见吧美丽的家乡，啊哈嗬……为了远大理想像燕子似的飞向远方。"后来才知道这首歌叫《草原晨曲》，是同名电影的插曲。这首歌旋律高亢，洋溢着一种奋进昂扬的青春气息，比较能代表共和国成立初期青年人的精神面貌。

我在北京出生，在北京上的幼儿园，1958年"大跃进"时父母下放河北、天津，我与父母离开了北京。1960年初，又随父母调回北京。这就是为什么我会在天津上了半年小学。

我上的第二所小学是北京和平街一小。这所小学建在一片"大跃进"时期兴建的简陋楼群中。那个年代，和平街一带除了新盖起的楼房，就是工地。我们一出校门，常在一条总也挖不完的大沟边玩耍，经常看到工地上挖出了人的尸骨，还有人用瓦罐去装一块块的白骨。听大人说，这一带原来是坟地。父亲单位——中国作家协会的宿舍当时还没有盖好，我们从天津迁来的家就临时安置在这片简易楼房中。这里的居民很杂，感觉多是拆迁入住的城市贫民。与和平街紧邻的和平里一带的国家机关——劳动部、煤炭部、化工部、交通部的宿舍较多，所以，"和平街一小"中城市贫民子弟和机关干部子弟都有。

给孩子以快乐，有很多方式。一种是引导孩子学知识、培养各种兴趣。我熟悉的一个长辈，他孩子成长于"文革"后期，当家长的也有闲，每天送孩子上学，在路上讲解很多让孩子有兴趣的东西。他每次外出，回来必给孩子买一本书。从幼儿《看图识字》起，到《童话故事》《科学画报》《十万个为什么》，到中外小说，再到鲁迅的书。答疑解惑，买书谈书，成为他和孩子间的默契。因为读书很多，他孩子在小学六年级时，独立做高考语文试卷，还能及格。另一种是带着孩子出门见世面，开阔人文视野。比如诗人郭小川把带孩子看电影、看戏、上公园、观天文馆、去博物馆，看成自己节假日的责任。还有一种让孩子快乐的方式：只要不做违理违德的事，放任他们玩耍。我成长的家庭属于后一种。

想起我的小学生活，少年不识愁滋味，没有什么痛苦可言，是我们最放任性情的时光。大人们先是忙着"大跃进"，旋即又陷入"大跃进"的遗患之中。父亲调回北京，在中国作家协会外委会任副主任。这个部门主要负责作家协会的外事活动。那时，与中国有外交关系的多是"社会主义国家"，来访问的作家不多，能出去的作家有限。父亲搞了多年外事活动，竟然没有出过国。父亲要参加作协的各种党组扩大会议，实则是一个接一个地对作家作品的批判。母亲在作家协会《世界文学》编辑部任办公室主任，搞行政工作。那个年代，在家里很少见到大人的笑脸，他们哪会有心思管孩子？不记得母亲到学校给我开过家长会。大人不理不问倒是好事，我们自由的空间很大。

　　小学期间，教育改革的话常提，时紧时松，时长时短，其主要精神是提倡减轻学生的学习负担。在我眼里，老师们的改革就是绞尽脑汁地减少课时和作业，而考试的平均成绩又不能掉下来。记得我们的班主任王钰德老师试验当堂讲课，当堂做练习，放学没作业。学习较好的学生考试成绩依然在九十八分以上。老师很得意，说为他争了气。当然，实施这种学习方法的时候很少，多数情况是上午上课，下午参加课外活动，或在家庭学习小组做作业。我在学校的课外活动主要是参加学校的合唱团。在合唱团，我学会了一般同学不会唱的歌曲，学会了与同学分高、中、低三部合唱，我是中音。合唱团在节日或比赛前排练活动多。平时，我还要参加学习小组的活动。我们的小组，由三四个住得很近的同学组成，共同到一个同学家里做作业，然后再一块儿玩。

　　教育改革，要求作业不能多，下午的时光，我们总是到处疯跑。今天一阵风，兴起养兔子，每个同学家里都养了兔子，下午做完作业，我们就去给兔子割草；明天又一阵风，捞蝌蚪，大家就都拿上小瓶子和自己用口罩做的小网兜。同学劳启新的姥姥半身不遂，躺在床上，听说喝生的蝌蚪可以治她姥姥的病，我们就一齐出动捞蝌蚪。那时，真是"我们的田野"，学校和住宅楼方圆一两里还有庄稼地，到处有小溪水。记得看过什么人的散文，说现在的小孩子，不知道蚯蚓、青蛙、蚂蚱、蜻蜓是什么样子。我们小时候虽然在城市生长，这方面的知识一点儿都不缺。

那时，有一个同学出主意：咱们捡碎玻璃、烂铁丝卖钱！一呼百应，又到那些新建的楼房旁边，寻找碎玻璃、烂铁丝。每次行动，都能满载而归。家里给的零花钱太少，记得四年级以前，我家的规定始终是一个月只给五角钱。我们卖碎玻璃、烂铁丝，一角、两角、三角，逐渐有了自己的小金库，买铅笔、橡皮等文具就大方多了；小人书买不起，就在地摊一分钱一本儿地看；糖果舍不得买，就买酸枣面儿，三分钱一小包，能吃好半天。我们跳皮筋，跳格子，掷沙包，玩羊拐和猪拐；每星期六晚到附近的河北北京师范学院操场上看不要钱的电影，不知有多少令我们津津乐道的好玩内容！平日里汗渍渍、一身土、头发乱乱地跑回家，脸上肯定是放着红光。现在回想起来，心里的感觉仍是无比快活！如今的小孩子似乎出了家门就险象环生，而我们小时候，家庭外面的天地才是童年的乐园。我们那一代人，没有什么奥数班、美术班之类的社会补习爱好班，有条件的，可考进少年宫学习文艺和体育。少年宫太少了，我们郊区的学校，没听说谁还经常去少年宫，但是也没耽误人才辈出啊！快乐的童年，首先应该让心理健康发展。

当然，上小学时，也有让人不解和恼怒的事。那时，学校里搞一帮一，一对红（可能是和当时的部队学的）。每张双人课桌总是将学习较好的与学习较差的同学安排在一起。我的同桌是个男生，平时总穿一双比他的脚大上一截的鞋子，冬天也很少穿袜子；衣服很脏，或没了扣子，或是哪儿开了口、有窟窿。那时，我不知道这是因为他家境不好，心想，他可能没有妈妈，没人给他洗给他缝。他考试经常不及格。宣读成绩时，老师总是当众训他，动手把他推来搡去。有一次这个男同学算术得了三十几分，班主任张老师在课堂上用拳头照他身上就是一下，他号啕大哭，我也在下面流泪。这个同学只是学习不好，但为人老实，对我很友善，不像班上其他男同学为找乐子，欺负女生。我心里很反感打他的班主任，觉得她欺软怕硬，对干部子弟和贫民子弟的态度截然不同，尽管她对我很好。

上小学时，我经常和男同学打架，有人向我身上扔石头，我就也扔回去，甚至追上去一顿撕扯；更多的时候是帮助被欺负的弱女生。所以，上了四个小学的我，走到哪儿，同学们都说我厉害。其实，我是性格使然。上幼儿园时，就因为和小朋友打架被关过禁闭，可能是我有顽强的自保意识。

写到这里，又让我想起，我孩子上小学的事情。我儿子性格比较温和，班里淘气好动的孩子总故意挑逗他。比如上课时，后面的同学拿尺子捅他，他一回头，老师就批评他，让肇事的孩子很自得；他放学回家，几个孩子围上来抢他的书包，把书包里的东西倒出来，撒在一地，然后一哄而散地跑掉。一次得逞，总认为可以继续。我深感公正对一个孩子的自尊自信多么重要！曾经教孩子奋力反击，我的逻辑是，即使打不过人家，也不要让他觉得你好欺负。但儿不如母啊，还是下不了手，不知道如何反击。后来，我在自己执教的山西大学找到一个体育系的学生，让他教我儿子几手防身本事。不久，儿子因为防御得胜，班里欺负他的人再也不敢轻举妄动。又想到威廉·戈尔丁的小说《蝇王》，那是以儿童为主人公的幻想小说，试图说明人与生俱来恃强凌弱的本能以及群体行为中的丛林法则。如何不让强者凌弱，公正、公平地对待每一颗幼小的心灵，需要有现代科学的教育素质做基础。可惜过去的教师，懂的很少。

有一次，班主任让我到同桌家催缴学杂费，我看到了城市底层生活的一幕。他们一家几口住在仅仅一室（无厅）的单元房里，小厨房和小厕所除外，房间一半的面积被用木板搭的床占去，看样子一家人都睡在这张床上。床上除了黑乎乎的破被子，什么都没有，屋里也没有一般人家常用的箱子和桌椅。说家徒四壁，一点儿都不夸张。原本刷的白墙，已经污灰得看不出底色，且有着一道道的血迹，可能是拍臭虫和蚊子留下的。同学的妈妈脸很黄很瘦，一副卧床很久的样子。她有气无力地对我说："等他爸爸回来，就去交学费。"那时我们的学杂费一年五元钱。同学的父亲是拉平板车的，收入供一家人生活，其困难可想而知。

我还到过一些同学家，印象中干部家庭都比较好，主要摆设多是公家配备的桌椅、床和书柜，自己的家具只有皮箱和木箱。

旧职员家庭也过得去，能见到大衣柜、樟木箱子、梳妆台等。比如，我一个同学的母亲曾经是唱戏的，父亲是旧军官，当时还在监狱里服刑。因为我和这个同学挺要好，她母亲待我也很随便，常诉苦说家里没有任何经济来源，靠一个工作了的大女儿贴补。但这个同学的母亲平时还是画着淡妆，衣着也比较讲究。这些人，大概还有一些老底子。最惨的是城市贫民，包括工人，家里往往除了木板搭的床铺和一两只大木箱子外，什么都没有。如果人口多，母亲不工作，一个体力劳动者养活着一家人，各方面都透着拮据和艰辛。

青少年时期，大家的智力能有多少差距？学习好坏，和家庭的影响关系很大。我的同桌，上课时还不知道在想什么——吃不饱，又挨打被骂了？帮助母亲做事……他哪有心情听课和做好作业？

教育改革给我们带来的好景不长，因为"三年困难时期"来了。虽保证城市学生每人每月二十七斤粮食，但副食品太少。我们没有力气玩了。如果总在外面跑，会饿得很快，就改成在家看书。

那时，父亲在中国作家协会工作，家里除《人民文学》、《诗刊》、《解放军文艺》、《译文》（后改名为《世界文学》）外，一直有着各地赠送的杂志：上海的《上海文学》《收获》、天津的《新港》《蜜蜂》、山西的《火花》、陕西的《延河》、重庆的《红岩》、长沙的《湘江》、广东的《作品》等等。中国当代作家的作品多在这些刊物上首发，我从小学三年级就开始阅读杂志上的作品。那时不喜欢看诗歌，只喜欢朗诵诗，比如郭小川的《致青年公民》、闻捷的《我思念北京》；也不喜欢散文，因为没有故事。看得最多的还是短篇小说。长篇小说《家》《春》《秋》《青春之歌》《野火春风斗古城》《林海雪原》《三家巷》《红旗谱》《红日》《保卫延安》《战斗的青春》《红岩》《苦菜花》《迎春花》《小城春秋》《前驱》等，有的先在杂志上连载，然后才出书，所以其章节与全书我陆续都读了。司马文森的《风雨桐江》，也是从家里的书架上翻出来看的。不过，那时看大部头书，囫囵吞枣，有兴趣的地方看得多，看不懂就一带而过。小学五年级暑假，我一天一夜读完了《创业史》，感觉眼睛突然近视了。也许，因为营养不良，眼睛有些过度疲劳。上六年级时，坐在前排也看不清楚黑板上的字。母亲带我到王府井的大明眼镜店配了一副三百度的眼镜。这副眼镜维持的时间很长，直到插队回来，上大学前才又配到四百度。

1950年代，我家里还有很多苏联及少数俄罗斯文学作品，比如《卓亚和舒拉的故事》《古丽娅的道路》《铁流》《毁灭》《青年近卫军》《钢铁是怎样炼成的》《被开垦的处女地》《日日夜夜》《静静的顿河》《教育诗》《苦难的历程》《恰巴耶夫》《士敏土》《穷人》等，这些在当时多是畅销书。其实，那时可读的书并不多，一般是出一本读一本。

小学时几乎读完了中国当代的"名著"，中学时期与"文革"中读的多是翻译过来的外国名著。家里没有的，就和同学、朋友借阅。那时，认识的字有限，看的时候连蒙带猜。好处是作文水平大有长进，老师经常在班上读我的作文；副作用是读白字、读错音的现象严重，以至于形成习惯，后来纠正起来还挺难。

1960年，我们家搬到坐落于和平街的中国作家协会宿舍。作协宿舍周围还有林业部、中央乐团宿舍。这个宿舍群中建立了一个小学，叫"和平街第二小学"。"和平街第一小"不如"和平街第二小"教学质量高，可能"二小"生源的文化资质好一些吧。但我没有转学，还在"和平街一小"上学。我最好的朋友宋哲和我的成绩不分上下，她小学毕业考上了101中学。我后来若没有离开"和平街一小"，一定会和她考入同一个中学的。

1965年2月，到了六年级第二学期，我的小学生活又发生了变化——随父母调到湖南长沙，我进入省委子弟小学上学。当时正是学雷锋高涨之时。记得我所在的班，有一场讨论。一个又胖又壮的男同学经常穿一件黑色毛料上衣，有同学说他不朴素。他申辩说，这是用大人的衣服改成的。不少同学高叫：穿这种衣服，就是不朴素！我的观点是，用大人的衣服改做的，不能算不朴素。确实，那时只有级别较高的干部才穿这种料子。我父母的毛料衣服，除了郑重场合，平时很少穿，还来不及改成小孩子们的服装。在这个班，我和这个男同学还打过一架，已经到了上手撕扯衣服的程度，原因记不清了。两三个月后，同学们正起劲地叫我"北京猴！""北京猴！"时，我们一家又从长沙迁到了山西省府太原市。大人们频繁调动，其背景是不安定的政治气候。此处先不多说。

我对小学生活的体会是，平时家长不要多管什么成绩，让其自由地阅读，多给些自由玩耍的时间与空间，让孩子的心智放松地发展，会进步飞快。那时，我对外界事物特别好奇，什么都想知道，记忆又超常之好。孔子说："不愤不启，不悱不发。"只要想知道，没有学不会听不懂的。压制与限制就是对孩子智能的扼杀。我们小时候，没有让家长在作业本上签字一说。学校每学年期末才开一次家长会，孩子没有什么心理压力。有的成绩中等，兴趣在别处，总是一副很快乐的样子；有的成绩一直不错，自尊心会调节着她（他）的成绩。

童年，那么好的记忆时代，让人自由地学习，大脑岂不像海绵一样吸取？比当今应试教育下的强迫记忆要事半功倍得多。那时，学习压力为何不大？恐怕和教育体制中没有太多竞争有关。

尽管小学期间，我的学习成绩始终名列前茅，被老师视为好学生，当过班长和少先队中队长、大队长，但我和老师们的关系并不都很好。如果哪位老师能以和蔼、平等的姿态和我说话，我会生出一种感动；如果哪位老师对我带有教训的口吻，我心里的反抗是很强的，不论他说的对与不对。记得，五年级时，有个女老师是印尼华侨，她的头发呈大花的波浪状，夏天身着有三层褶子的花裙子，脚上的皮鞋尖尖的。同学们背后说她太洋气，不肯亲近她。有一天，在我放学回家的路上，她同我走在了一起，突然跟我说：老师的衣服都是从国外带回来的，不穿，也是浪费啊！我很意外，也很感动，因为她说话的口气平和，带着信任。她为什么对我说这些话呢？也许是想通过我，向同学们解释。在我们成长的时代，老师能和蔼、平等地对待学生，不是常态；故意板面孔训斥，自以为有"师道尊严"者为多。殊不知，像我这类看过《教育诗》的孩子，骨子里早已得到了自由、平等的启蒙，也知道好的师德与气质是什么样子。所以，遇到所谓的"师道尊严"，总是很不舒服。小学五年级时，一次作文，我自认为写得可以。果然，老师在班上"称赞性"地朗读了。课堂上，我暗自窃喜。但下来一看评语："虚心使人进步，骄傲使人落后。要知道自己只不过是沧海之一粟。"这让我很阳光的心理有了一层云雾。你怎么知道我就会骄傲？骄傲为什么就不进步了？容易满足？我并不满足，我想作文越写越好啊！他的朗读原是可以给我带来自信，但其评语却如泼了我一瓢凉水。我原本还比较喜欢这个老师，因他比较看好我，说我能看到不少别的同学看不到的书。但他表扬我时，总要带着教训和敲打，唯恐我骄傲。也许，我的个性，总给老师"很骄傲"的感觉。事后，我不想理他了，以至于转学时，都没有专门与他告别。想来让他比较失望，因为我和宋哲是他最得意的、考试常得双百的学生。深入地去想，他真的不知道如何尊重学生的个性。西方的教育，常常把赞赏挂在口头，他们能看到每个孩子的长处，是在爱护中培育孩子的自信。而我的这位小学老师虽然是我们学校减轻学生负担的先进，但传统教育思想及那个时代的"集体文化"成了他的精神格局。那个时代，确实没有单纯表扬的文化现象，各行各业，即使评上三好学生、优秀干部、五好战士、劳动模范，总是要捎上"可不要骄傲自满哦"！同时，每个人都说自己是螺丝钉，是沧海一粟，是铺路的石子。

六年级第二学期，我随父母从长沙到了山西太原。在新学校第一次上图画课时，就和老师吵了一架。原因是，他一见我没有图画本就质问："和你说了多少次，为什么总忘记带图画本？"我先是一怔，然后大声说："你没有和我说过图画本的事！"北京的女孩儿，不怯场面。"什么？你还敢和老师顶嘴？"他震怒，要把我轰出教室。我当时没想那么多，只有孩子的执拗：明明没有听你说过，为什么还说是我的错？老师就可以不听别人解释吗？解释就是顶嘴吗？我越想越委屈，大哭起来。后来，班主任老师来了，把我带出教室。她没有批评我，没有问为什么和老师顶嘴，而哄着我说，老师可能记错了。当时，我心里别提多么温暖和知足了，总算遇到一个公正的人。因为，在学校，很少遇到公正，多是被无端地训斥。不论在家里还是在学校，孩子是不能解释的，否则就是顶嘴。待我成年，读了一些书，方知这是多么根深蒂固的家长意志！——没有"个人"，没有"个性"，没有"孩子"。家长说东，你不能西；老师说南，你不能北——一说，就强调你顶嘴。真是指鹿为马！

我们的班主任王力民老师教算术。这时，距离考中学只有两个月的时间了。一来，我在北京的课本比太原深一些；二来，王老师的算术讲得就是好！她讲公式，言简意赅、清楚明白，很好记。李月爱老师教我们语文，也很好，她说对我考上好中学有信心。

我在太原五一路小学学习了两个多月，就考中学了。我、李森、王晋中，三个同学考上了太原五中。这是太原唯一一所从初中起就可以住校的中学。正在乡下搞"四清"的母亲来信说："知道你考上了太原最好的中学，我为你感到高兴。"

青少年到一定年龄，往往有一段心理逆反期。我的儿子却没有明显的逆反期。我接受自己成长的经验和教训，做到：第一，不娇惯；第二，不絮叨；第三，平等地和他商量，让他始终能体会到理解和平等。我内心的想法是：自己小时候缺少什么，期待什么，全要还给自己的儿子。1990年代初出台一项政策：在外地工作的北京知青，可让一个子女的户口迁回北京。因为我先生丁东是北京知青，所以正逢小学毕业的儿子，可以直接到北京考中学。因北京与太原的课本有差异，他参加北京的考试后，成绩一般，上不了区里的重点中学，只能就近分配到北海中学。那所中学生源不太好，不爱学习的孩子很多，打架是家常便饭，胡闹的学生往往影响其他孩子听课，学校的教学质量上不去。有人建议我们，让孩子在北京的小学复读一年，明年考个好学校。我们与儿子商量，他不愿意复读。他感觉，复读就是留级。我们尊重他的选择。果然，在那所中学经常有同学故意挑衅、欺负他，他从来不对我们抱怨，也没有后悔之意。班主任家访时告诉我们，老师曾对他说：如果你父母是正派人，你自己又能主动学习，把持自己不学坏，那么，从这个学校出去后，你就有应对社会负面影响的抵抗力。老师说得有道理。儿子在这个学校的遭遇，让他一生得益。后来，他无论是考高中、考大学、选专业，只要他的想法合理，我们都尊重他。他上的高中是新街口中学，也是一所普通中学，不以升大学为目标。他毕业那年大学还没有扩招，考上大学的比例只有百分之十，其余的进了职业技术学校。那时要想学专门的技术，还得以高中学历再去考，分数比考大学低。我的一个亲戚，在北京二轻局所属的中专当老师，他说很多孩子初中成绩很好，不愿意上大学，专门选择中专，为的是在北京分配一个好工作。后来，这所中专升格为高职。

儿子参加高考，录取到北京理工大学二年制大专，财会专业。他很高兴。他说大专比本科好的是，公共课、政治课少，直接上微积分和财会理论。儿子高中时，就知道自己想干什么。他对我说，将来办自己的公司，要么学法律，要么学财会。他上高中时，学会了攒电脑。业余为我们的朋友攒了多部电脑。上大学后，系里计算机出了问题，老师都让他去处理。他毕业时，可以在本校专升本，交几万元学费，再学两年就行。我们表示，愿意出这笔学费，但他不同意。他说，北京理工大学的课程已经体会过了，再学两年也不会有多少提高。当时中国人民大学办工商管理MBA班，面向企业招生，他先是在那里工作，管理电脑，后来一边工作，一边听课，一年时间，听了不少国内一线经济学家授课，感到很有收获。再后来，他又到北京电影学院读了三年广告专业的成人教育，完成了专升本。他喜欢电影，还学了有关电影方面的专业知识。现在他是公司的老总，经年飞来飞去——他的电影相关信息总处于前沿。

逆反的孩子往往觉得与父母无法沟通，认为父母不理解他。有的家长，要么无原则地娇惯，要么无原则地斥责，要么无原则地包办代替。朋友郭小林上初中时，母亲不和他商量，就把他从原来的男二中转到中宣部直属的景山中学。他感到新的班集体很难融入，好长时间没有朋友，学习成绩开始下降。上高中时，他竟然很执拗地不想上学了，去黑龙江当了知青。他回想自己走过的路，最不能释怀的就是母亲的专断。我在大学教书，常遇到一些孩子对所学专业无兴趣，得过且过。我问他们何由，他们说他们不喜欢，是爸妈非让他们报这个专业不可。其实，对孩子的要求，一定要依据他的兴趣、能力，不能把自己的意志强加给孩子。如果他没有兴趣，上了学也不会专心，而后又选择做了别的事，或许这是一种人生的耽误。

我的体会是，不能有意无意地给孩子设置一些人生目标，不能拿别的孩子的长项去比自己孩子的弱项。我们那代人的家长，倒是很少期望孩子们长大干什么。那时的思想理念是：三十六行，行行出状元。最早鼓励高中毕业的女儿上山下乡的，是赵树理。郭小川当年也欣然送初中毕业的儿子到黑龙江农场务农。大约那时学历高的人很少，他们认为学历不影响人的前途。而20世纪八九十年代的家长，总是把谁谁家的孩子是硕士，谁谁家的孩子是博士，谁谁家的孩子出国留学挂在嘴头，大人的期待标准，无形中给孩子很大的精神压力。他会说：哦，你们喜欢这样的孩子啊！那么，我怎么做，你们都不会满意。我对自己的孩子，就比较注意不说这类期待性话语。我认为，有道德底线，做好他自己就可以了。这一点我倒像我的父母。我也做好心理准备，如果他"早恋"，我都不会让他难堪，而会让他的心灵既有来自异性友情的愉悦，也有来自父母的关爱。有些父母，总想按照自己的理想、愿望塑造儿女，这种家长意志得到的往往是孩子的逆反。家长意志有多强，孩子逆反的离心力就有多强，也许更强！父母不能因言行让孩子失去对自己的敬意。你尊重他，他才会尊重你。如果父母在智慧、言行、品德方面都为他所信任，他还逆反什么？

有怨悔的青春

这些年"青春无悔"成了很多人的用词。我常想,无悔的青春是青春吗?青春是生理成长期,也是心理成长期,成长中做的事都正确吗?有个朋友曾这样写道:"青春无疑是一个人生命中最美好的一段,尤其是当你已经不再年轻,回首过去的时光,那充满活力和憧憬的岁月,就连你吃的苦,走的弯路,失落的爱,都有着青草的新鲜味道,令人回味。"我同意她的看法,但弯路毕竟是弯路。不应该吃的苦,为什么非得吃?不应该做的事,在无知中做了;不应该有的思想观念,曾经存有,还能说无悔吗?如果说到无悔,我更愿意理解为上天眷顾我们,让我犯过错误又认识了错误。

一次莫名的狂欢

"文革"开始那年我十四岁,正上初中一年级。对于我来说,"文革"的到来,真是一次莫名其妙的狂欢。何以如此?这要从上了中学我遇到的事说起。

一入中学我就住校了,八至十人一室,睡上下大通铺。同学来自职员、干部、教师、医生等不同家庭。住校不要钱，吃饭一天九两粮票，一月九元伙食费。百分之三十细粮，百分之七十粗粮，一星期两顿荤菜。每天按小组打饭，集中吃。当然，午饭前还要列队唱歌。每天的定量勉强够吃，正在长身体，总觉得饿得很快。一个月除伙食费，母亲还给我两元零花钱。傍晚，校门口有卖烧饼的，隔一两天，我会花六分钱买一个烧饼吃。星期六，与同学相约一块步行几站路回家，边走边聊天，有时唱唱歌、吹吹口琴，自娱自乐。

不久，我们班的辅导员（由高三同学担任）找我谈话了。他问我："你不是申请入团了吗？想想这一段时间有什么事做得不够好？"莫名其妙！我没有和同学闹矛盾啊！想半天想不出有什么问题。辅导员绕着弯儿问我：

"到校门口买过烧饼吗？"

"买过。有错吗？"

"你买烧饼的时候，想没想过，那些经济条件不如你的同学买不起烧饼？"

"没有。"

"星期六回家的路上都干什么了？"

"聊天、唱歌、吹口琴。"

"你有钱买口琴，别人买不起口琴，你不觉得有些特殊，有些小资情调吗？"

又把我蒙住了！敢情做什么都有错误！辅导员的谈话，有些没事找事的矫情，但以我的觉悟，也说不出他哪儿不对。让我心里最不痛快的是，朝夕相处的同学、亲密的伙伴，你有想法可以提醒我，干吗先汇报辅导员？你为了进步，先把我说成不进步？在那以后的很长时间里我都不吃烧饼，星期六回家也独自一个人走。

入中学后，除了对数学逐渐没有了兴趣，其他课我都学得很轻松，英文也很好。但本来开朗、有亲和力的我，学会了警惕、提防。最后，全班同学中我只和两个女同学王小平、孙琪茵要好。我认为，她们到任何时候都不会出卖朋友。果然，"文革"中，我们家被抄，我把装有父亲手稿等重要物品的手提包藏到了王小平姥姥的床底下，很长时间，只有我知她知。我插队时，孙琪茵从兵团回家休假，还专门到几百里外我插队的山村去看望我。这是怎样的友谊？有同学朴实、诚挚，却有眼界不开的局限，有同学较顾及小利小害。知识分子子弟在当时的时代背景下，大多因出身问题，低调做事。我还是年龄小，不善辨识，并一直认为，干部子弟也许有骄、娇的一面，但也有正直、大气的一面。

经辅导员"辅导"后，入团我也不积极了，绝不主动汇报什么思想。因此，"文革"爆发，觉得是一次心灵的解放。总算没有人管了！至于停课多长时间，也不去想，先玩玩再说吧。这就是我那时的心态。

1965年寒假，父母调动工作，我们随着到了湖南。父亲适应不了当地的气候，我们几个孩子也不适应，手脚都长了冻疮。在湖南待了两个多月，父亲向上级打报告又调到了山西太原。到了1967年，上边让复课闹革命，我妹妹面临着上哪个中学的问题。她没上完小学，"文革"就开始了。当时没有考试一说，原则是就近入学。我想，还是五中的教学好，就去找我的老师。我的数学老师章和利在五中算是负点责，我和章老师一说，妹妹就上了太原五中。（章老师说：邢小群的妹妹，差不了。其实，初中时我的数学已经不太好了）妹妹上了中学，也不怎么正规上课。1959年出生的两个双胞胎弟弟这时也上了小学。他们连汉语拼音都不学，直接学习毛主席语录，整日乱跑，经常和胡同里的孩子们打架。他们的拼音能力，是靠后来自学获得的。

父母提出让赋闲在家的大姐、二姐和我轮流做饭，妹妹负责买油盐酱醋，关照两个弟弟。此前，我们都不会做饭。"文革"期间在家学习做饭，受益匪浅；插队时，派上了用场；在以后的生活中因自立早，也没有受什么罪。说到做饭，平时看大人做饭已经学会了一半，到自己炒菜时，问清楚步骤，就可以操练了。有时父亲不放心，在旁边指导性地监督，因为他比较讲究味道和炒菜方法。说来可笑，我们都不甘心把时间用在做饭上，除了履行职责，就是看书。看家里的书，看借来的书。有一次，我炒菜，放上了油，在等油热的空当，又拿起了书本，不想一看进去就忘了油锅，忽然听见父亲大喊：小群，油着火了！我一看，满锅是火！束手无策，惊呆了。父亲赶快说：放上菜！放上菜后还有火，继续害怕！父亲又说：盖上锅盖！火总算灭了。吃饭的时候，父亲问：你们吃出什么味了？大家说，糊味。不过谁也没有埋怨，因为都在实习期。母亲还教我们自己做棉衣。我和二姐走了好几条街，才买来较喜欢的毛蓝布，那时布的花样太少了。母亲教我们如何剪裁棉袄的面子，如何将旧衣服剪裁拼接成里子，又如何缝制。如果缝得不好，就让我们拆了重缝。这种手艺，我一直用到上了大学——在学校自己拆洗棉袄、棉裤。那时，还没有蓬松棉、羽绒服。等有了孩子，也是自己给孩子做棉衣、棉裤，并没有劳累母亲。她因为儿女多，真是顾不过来。

如果说到青春无悔，应该是在学会做事的年龄，学会了自食其力的技能，懂得不能依靠。和以后的独生子女相比，我们学会了理解父母，争取独立自主；懂得了劳动的辛苦，知道如何尊重他人的劳动。作为女人，还天然地有了女性主义立场：我在劳动，你应该尊重我的劳动。这些都属于长大成人过程中的正常心理。

上山下乡，我是自愿的

我少年时期曾梦想当个女兵，觉得穿上那身军装特别英武。小学六年级戴上了眼镜，当兵的心也就死了。上山下乡运动开始后，北京已经组织部分学生到内蒙古或黑龙江生产建设兵团去了，我又萌生了去兵团的想法。可是山西的中学没有组织学生去兵团，有人是自己联系去的兵团。去兵团如同当兵，政审很严，唯独对是否是近视眼不太在乎。我的好朋友孙琪茵是空军干部子弟，她利用部队的关系去了内蒙古兵团。我想让父亲通过他在部队老战友的关系给我说项去兵团，他不肯写信，那时他被打倒受审查，不愿意找麻烦。

兵团知青，有固定工资，比在农村挣工分收入高，而且稳定，但劳动强度特别大。我的大学同学中有人来自兵团，她说，经常搞会战、比赛，来例假也不能休息，很多女同学都得了妇科病。插队知青，虽然很多人的劳动根本养活不了自己，但在乡下相对自由，劳动强度大小完全在自己。

我们家，大姐、二姐和我，都是插队的适龄对象。太原当时还没有要求初中一年级的学生插队，可我已经按捺不住地想离开家。首先，我忍受不了父亲的粗暴，他动不动就喊："滚！滚出这个家！"他认为我们没有胆量、没有能力离开这个家。有一次，他又说这样的话，我一气之下，身无一分钱、一两粮票地走出家门，来到郊区曾经下乡劳动过的村子，找到曾经认识的房东。我说，闲着没事，想在村里劳动，管饭就行。他和队长一说，就派我到了村里的猪肠加工厂，洗猪肠。洗好的猪肠，用盐腌上，运到肉联厂做灌肠用。村里给我派饭。我和相识的村中小姐妹，相处得很快活，竟然在村里干了一个月，直到二姐找到我，商量一起下乡插队，才离开。

我们想下乡，和那些被迫无奈下乡的同学有些不同，也是受父母青年时代投奔抗战洪流的影响，希望早点走向社会。他们那一代人，都是十几岁、二十几岁就参加了他们认定的革命。上山下乡开始时，听说我们68届初中毕业生（其实只上了一年初中）可以分配到工厂。我不愿意当工人，觉得当工人干着一个工种，反复做着一件事，很枯燥。我相信领袖说的："农村是个广阔的天地，在那里是可以大有作为的。"我母亲是农村出身的干部，我回过母亲老家，对农村生活充满着好奇和新鲜。我二姐也想去插队，让她一个人去农村，母亲有些不放心，而我们俩结伴而行，母亲就放心多了。当时去插队，很多人是服从学校安排，和同学们一块走。也有政策：自愿组合，投亲靠友。不少干部子弟回到父母的老家，为的是有亲戚照顾，以后想出来也有自己的关系。但我母亲不想让我们回到她的老家，她家在村里成分高（当时是富农，"文革"后纠正为上中农），她觉得关系复杂会生出不少枝节。这时，与我们同院居住的赵树理的儿子赵二湖和他的几个同学，要到他认识的山西日报社一个记者家乡插队，问我们愿意不愿意一同去。赵二湖说他去过那里，住窑洞，冬暖夏凉；当地虽是丘陵旱地，但产麦子，一年有一半时间可吃白面。我们听了他的介绍，便同意与他一起走，父母也不反对。赵二湖是邻居，两家的孩子在一起，父母也放心。

就这样定了，我们在1968年年底办好了户口迁移插队手续，于1969年2月初过了春节就下了乡。

那是一个小山村

我是在山西省临汾地区洪洞县明姜公社郭家节大队南山底小队插队的。从二十里以外望去，南山底村就在半山腰上；当下了火车，生产队的马车行走四十多里把我们拉到这个村子时，我们眼前的村子是坐落在山脚下的，它仿佛是上山的起点和下山的落点。

全村有三十多户人家，都住在傍坡临塄的窑洞里。窑洞顺着山势，高一层低一层，错落有致。家家都有自己的院落，院里种着树。夕阳西下时，在远处地里干活的人望着村里的袅袅炊烟、听着鸡鸣狗叫声，那种家的感觉很是温馨。村里没有河，饮用水取自一口十几米深的水井，水是山泉，又凉又甜。村里人吃水要担着桶上坡下坡地挑。好在村子不大，取水还算方便，不像在大西北某些干旱地方，要么积雨水而食，要么到十几里外挑河水。我们村的水井边，有村人用石头凿的水槽，内有凿成斜面的搓板，水槽边还有用棒槌捶打衣服的光滑石板。村里一棵巨大的皂角树全村共享，树上的皂角自产自用源源不断。衣服揉进皂角，再用棒槌捶打就干净了。再脏点儿的衣物，就用碱面。村里人也知道我们使用的肥皂，但买不起，只是羡慕。水井在村当中一处土坡上，站在家门口往下一望，水槽空着，就可下去洗了。

村中央有一条布满大大小小鹅卵石的泄洪沟。每年八九月间下大雨，沟里会卷来滔天的洪水。眼见着，这边还是干干的河滩，那边已是浊浪成阵，几乎是齐刷刷地呼啸而来。顺流而下的石头在洪水中轰隆隆地作响，最重的石头达几吨，一泄就能滚出几里之外。洪水还带来了山上的腐叶、树枝、鸟粪、羊粪，村里的几百亩坡地，说是靠天吃饭，洪水一来，被村民引入一层层梯田里，不用上粪也很肥沃。村里人把能灌上洪水的地叫漫地，视为宝地。这样的梯田，小麦单产五六百斤，比平川一带水浇地的产量还高。因此，我们村一年能吃上半年细粮，并不夸张。当然，遇到干旱，老不下雨，产量会减半。发洪水时，村民还有一大收获，就是捞湿柴。那是山里的干柴被暴雨冲下山顺水流而来。老老少少把从河边捞的湿柴拿回家晒干，非常好烧。我曾看到一篇小说讲的就是捞柴的故事，那情景和我在村里见到的一样。而平时，村中央这条泄洪沟却是干的，沟两边的人家来来往往地走动着，如履平地。

也有人住砖窑，砖窑造价比纯土窑洞高得多。印象中，只有一户人家是四面到顶的砖窑，就是像窑洞一样的砖房，窑洞的男主人是公社信用社主任。生产队长家的土窑前脸是青砖砌成的，也比较显眼。尽管这个村子可以烧砖，但买得起砖的人家很少。村里的窑洞，大大小小都有。印象中放羊的陈发科大叔是外来户，他是单身，窑洞最小。一般人家的窑洞都是三孔连排，中间一孔，相当于堂屋，两边各有一孔，住人。不同于平川砖瓦房的是，伸向两边窑洞的走道较长，隔音效果特别好。里窑说话，外面是听不见的。因此，各家家里不再设门，用布帘挡着。进门怕不方便，咳嗽一声就行。三孔连接的窑洞往往是一边住着父母，一边住着儿女，中间隔着堂屋。如果儿子娶媳妇，另外碹窑洞，多在同一院碹一孔或里外相连的两孔。

村里的大窑洞，也让我们开了眼界：几十号人进去都不嫌挤。这些大窑洞往往年代久远，村里五十多岁的姬大伯告诉我，他家的窑洞在他爷爷活着时就有了，恐怕已有上百年。老窑洞的窑顶嵌着三根很粗的大梁，大梁的颜色呈深古铜色。窑洞夏天进去非常凉爽，冬天也不冷。富裕点的人家窑洞里又套着小窑洞，用布帘挡着，进去以后，并不小，只是没有窗户，里面多是放盛粮食的大缸，也有放衣物的木柜，不潮。如果小窑洞又套着小窑洞，里面堆着的是秋天挖出的红薯，什么时候拿出来都很新鲜，也不见脱水。

我们的房东是两家中农，叔伯兄弟。道理很简单——贫农没有多余的窑洞让我们住。村里没有富农，多数是中农。贫农很少，大多是从河南逃荒过来的。两家房东的窑洞里都有不少大缸，他们告诉我，过去，家家窑洞里都有年年替换的甚至放了几年的谷子、麦子。吃多少，就挖出多少碾成米、面。平日里，吃豆腐、割块肉、买西瓜、量油、打醋，想吃什么，都是从缸里挖出粮食来换。要办红白喜事，得挖出粮食到集市上去粜，换回应用品或钱。娶媳妇下聘礼，说好多少石，就到窑洞里挖粮食。陈芝麻、烂谷子，放在缸里不会再坏。而集体化以后，家里很少有隔年的粮食了。到青黄不接的时候，眼巴巴地就盼着返还的粮食快来。所谓返还粮，又叫返销粮。夏秋两季的粮食一下来，按照毛估的产量，刨去村里的人头口粮、种子与牲畜所需，国家都要收走，叫交公粮。这种方式，一方面保证国库的粮食总在新陈代谢；一方面让国家丰年储备，荒年赈灾。那时候，很少听说国家进口粮食，农村的粮食除了供应城市，总是向第三世界国家输出。国家对农民余粮的低价收购，已经让种粮食的老百姓很委屈了，到了春天青黄不接的时候，按照带谷壳的口粮计算，家家都会缸底朝天。政府再从国库里把往年的粮食拿出来，返销给农民，补足社员实际应该有的口粮标准。返销粮食的时间多在每年阳历四五月间，返还的往往是高粱和玉米。村民们把高粱谷粒脱皮碾成面，尽量磨细一些，掺上榆皮面（榆树皮碾成的面，有黏性），压成饸饹，煮熟，混在小米稀粥或玉米面糊糊里，放些干豆角、南瓜和盐，他们管这叫和子饭。为了节省粮食，晚上那顿，不吃干的，只吃这种和子饭。这在当地一带还算是好饭呢。

后来，我被抽调到其他村里搞各种名目的运动。印象最深的是正常年景，青黄不接时，农民们大多处在饥饿中。我也因与社员同吃同住，吃菜糊糊时间过长而有了胃胀的毛病。

我们这个小村，曾经是革命老区。本村两个大户都姓李，相互也是亲戚，只是隔得远了点。介绍我入党、住大窑洞的姬大伯是中农，1938年的老党员；另一介绍人李大叔也是中农，1943年的党员。这个村子地处偏远，没有富农，中农又不能斗中农。贫农从心里感念村里人对他们的收留，比如放羊的发科大叔就是如此。所以，一直没有从老乡嘴里听到他们搞各种运动，进行阶级斗争的事情。

村里人一开始对我们的穿着、用具感到很新鲜，很好奇。听说村里的老年妇女，有人一辈子没有走出村外二十里，没有去过四十多里外的县城。老乡们不懂得为什么城里的学生娃要上山下乡，要向贫下中农学习。虽说第一年我们有国家供应的商品粮，但从第二年起，我们就要分吃村里人的口粮了。地还是那些地，产量也没有多出来，却让我们几个知青分去一千多斤夏季、秋季的粮食。

村里人都烧柴，想要烧煤得到五六十里外的霍县去拉，况且也没有买煤的钱。我们去了也要烧柴，便上山砍伐他们赖以为生的灌木，这等于我们又占去了不少他们有限的生产和生活资源。

后来，他们看到我们劳动很卖力气，特别是女生，抢着干村里女人都不做的事，如担担子送粪，跳到麻坑里踩沤臭的绿麻；加上我们对他们很尊重，大叔、大婶儿地叫着，慢慢地就放下了他们心理上的不快和戒备。山西农村珍惜女人，除了农忙季节，妇女多不下地做农活。他们说：这些娃们也不容易，从没有吃过苦，能到咱这地界儿，就不错了，他们爹妈知道了还不定多心疼呢！

我们插队的时候，村里还没有拉上电线杆，晚上没有电灯，取亮是靠煤油灯。油灯的样式什么都有，铜制的高脚式、碗式，还有用小墨水瓶，灌上煤油，用棉花做捻儿的灯，带玻璃罩的座灯、马灯等。用炕前的灶烧饭，烟从炕道走，炕就暖和了。窑洞墙厚窗小，有了热炕，其实很暖和。冬天，妇女们除了做饭，就是盘坐在炕上纺线、纳鞋底、做衣服。那种热炕头的感觉，确实让人心生温暖和安逸。这才懂得什么叫作"老婆孩子热炕头"。到了晚上，四周又黑又静，家家窑洞窗户很小，用纸糊着，小油灯透出那点亮，非常幽暗。除了狗叫，静得让人害怕。厕所设在大门外院落边，一有动静就会有狗叫，最初我们不敢一人上厕所。

刚下去时，我们村的知青共有七人：四个男生三个女生。后来因家里人的阻拦，陆续走了两个人。（他们俩是赵二湖的熟人，原本就没有带户口下来，只是想下乡试试。在北京知青纷纷落户山西农村时，太原知青下乡还没有开始）男生剩下两个，女生有我和我二姐，还有郝兰。郝兰的父亲是版画家力群。"文革"中，山西的干部也被要求下乡插队。力群受到多次批斗，觉得最好的前景是回老家种树，省里批准后，他就回了灵石老家。因为是真心要告老还乡，他用自己的钱在老家盖了七间大瓦房。郝兰名义上把关系办到了我们村，实际上她一直没露面，而是回老家帮他父亲盖房去了。所以，当时在村里坚持下来的就是四个知青。

农活一二三

我们刚到村里时，还没开春，干的都是冬季的活，比如，往石灰窑里担石头，到砖窑出砖。这个村子的副业，主要是一口石灰窑、一口砖窑，生产的石灰和砖头要拿出去卖。我们村全靠这两孔砖窑和石灰窑的收入年终分红，一个工分值五六角钱，比起有些穷困地方一个工分值几分钱，好多了。砖窑的活是把晒干了的土坯砖搬运到砖窑里，或从窑里搬出烧好的红砖、青砖。每天早晨，生产队队长先派我们往山坡上的地里送粪。村里的地，有远有近，远的离村有好几里，一个早工，两个小时，只往地里担一担粪，就收工回家吃饭了。饭后，我们又被派到窑上担石头。开始担扁担时，扁担压得肩膀肿了消、消了肿，从水井上往家里担水，一次只能担半桶。后来，九十多斤重的一担水，男女知青上坡下坡都没有问题了。我们担担子，一只手扶在担子上，一只手随着步子前后摆动。担粪时，随着担子两边的重量，一前一后有节奏地上下弹动，借力用力，会了，也不感到很累。现在看到电视、电影上青年人两手拽着绳钩，一扭一扭的，那真不是担担子的样子。

我们感到最累最难耐的，一是夏天在闷热的玉米地里除草，二是秋天摘棉花。秋季旱地庄稼讲究的是除草保墒。村里人认为，一季三除，即使没有雨，也能有七成收获。除草时，村里的男人上身都光着，肩膀上搭一条擦汗的毛巾；男知青也学着村里的男人光着上身，而我们女知青，就得穿着吸汗的衣服，埋头在青纱帐里边锄草边向前走，闷热得喘不过气来。到了摘棉花时，一条床单叠两层系在腰上，边走边往腰里揣。旱地的棉花长得不高，摘起来几乎一直弯着腰，从地头这边到地头那边，一路走下去，腰里的棉花压得再也走不动了，才把棉花拿出来放在垄道上，收工前再来取。工分是按摘棉花的重量来计算的。腰一直弯着，而且负着棉花的重量，经常疼得直不起来。这样摘几天，我的腰感觉都快折断了。后来，落下严重的腰肌劳损症，胳膊也晒成深古铜色，直到今天，也没有还原成本色。

秋天上山砍柴，也是我一生难以忘记的经历。收了秋，第一场雪来临前，是村里人砍柴的时间，断断续续大约有两个月。老乡是当年烧去年的，甚至更早年的柴。当年砍来的柴码放在院子四周，风吹雨淋太阳晒，越干得通透越好烧，也越节省。因此，看一家人会不会过日子，进门先看柴火垛。家境越殷实的，柴火垛越高、越厚。知青没有任何家底，自然也没有隔年的柴，砍来的湿柴，当年就烧。本来柴就少，又湿，在烧柴方面总是捉襟见肘。

砍柴着实让我有了一番历练。深秋，清晨，一觉醒来，找出既耐磨又比较破旧的衣服穿上，急忙吃了早饭，带上一顿干粮，柴刀上勾着一条粗绳，蹬上一双球鞋，就随老乡一起上山了。房东大哥成了我们的师傅，相随的还有几个和我们一起混的十几岁的孩子，他们最愿意指指点点，教我们做这做那。随着秋色一日深似一日，我们出发的时间一天比一天显得早，有时天边刚有曙色，我们就上山了，月亮挂上天幕，才返回村中。

老乡们最怕下雪，一下雪，就进不去山了，因为山道太窄，雪很滑。村里的女人是不进山砍柴的，但女知青没有权利让男知青代劳，不顾村里人怎样劝说，也要进山。我们的理由是毛主席说：时代不同了，男女都一样，男同志能办到的事情，女同志也能办得到。单是女知青敢上山砍柴，就让村里人大跌眼镜。上山的小路多是两三尺宽，除了拾级而上的台阶，就是砂石路面，如果走得急了会脚底打滑。上山后二十里内，已经没有什么柴可砍了，早让村民一年又一年砍秃了。新长起来的灌木，太细，不值得砍，村民们多让它们长着。往深处走，才能看到越来越密、粗细相当的灌木。到了可砍柴的地方，一群人就分散开来，找有利自己的地形砍起来。当然，尽量砍些已经枯死的柴，实在没有了再砍长成的灌木。

南方、北方山区砍柴人怎样砍，怎样捆扎，怎样担柴，都不一样。这里山路多是窄窄的，一边是高大的山体，一边是深不见底的沟涧。如像南方人一根扁担两边各扎上一捆柴，一步一个颤悠，是很危险的，扁担一不留神撞到山体，重量失衡，会把人甩到深沟里。我们村的人是把长两丈左右的两捆柴在顶部打一个交叉十字，再用一根较粗的棍子横在两捆柴中间，然后将柴分别捆实，两柴中间的这根棍就充当上肩的担子。下山时，肩担横着，两手扶着两边的柴捆;这边肩膀累了,一扭,就换成了那边肩膀。最初,我们一不会砍柴,二不会捆扎,三不会肩担,村里大人小孩都教我们。第一次进山,因为肩膀吃不住力,一路走一路扔柴,回来时,我们每人连抱带提,身上的柴也就二三十斤了。后来,我们能和村里人一样砍柴、肩担,每次下山来一称,有八九十斤,男知青能肩担一百多斤。有一次,由于下山惯性地疾走,球鞋打滑,我摔了一跤,一担柴脱手滚出,栽进了沟底,幸好后面的男知青拉了我一把,人才没有一块滚下去。每次担柴走二三十里下山,回来后,人累得都要虚脱了。吃上一大海碗面条,身上顿时有了力气,再到坡下挑一担水也不成问题。毕竟年轻啊!

山里到底有多深,不可知,上了这山又见那山。有一次,我们走到山里近三十里深处,看到一户人家住在青石板一片片搭成的小屋里,门前有一口浅浅的山泉井。一问,房主人是1960年代从河南逃荒来的。他们没有参加当地的公社生产队,不属于哪个村子的人,没有当地户口;各种运动来了,也没有人对他们进行阶级斗争教育;当然,孩子大了也无处去上学。他们吃的是自己种的土豆、瓜菜,此处海拔较高,无霜期很短,山下的农作物在他们这里不能生长,只能在树林边上、坡地上种些土豆。主人见到我们很高兴,立即蒸土豆给我们吃。他们的土豆非常好吃,蒸熟,就开花,吃起来又沙又面,不像山下的那么涩。看到村里的人和我们这几个城里人,他们更加好客友好。我们问,一年四季只吃土豆怎么能行?他们说,也会背些土豆到山下换玉米、小米，虽然换得不多，但已经是很稀罕珍贵了。吃的盐、醋，是拿土豆换来的，还采一些山珍草药去卖。

知青被打

虽说一年四季的劳作很辛苦，但我们精神上还是乐观的，可谓：累并快乐着。后来让我们最头疼的不是周而复始的劳作，而是陷入村里的家族矛盾。

这个村李姓是大户，但不知什么原因，本是同宗的两户李家，成为宿敌。因为我们住的是李拽大家的两孔窑洞，自然和这一边李家院里院外的亲戚、邻居关系搞得很好；无形中让对立方的李家不高兴了，总找茬儿和我们过不去。比如，对立方李家在生产队里有点权，在分粮、分菜、分油上总要克扣我们一些。我们向生产队明明借的是玉米，还粮时说借的是麦子。在村里，乡里乡亲借什么从不打借条，结果吃亏了。

小事我们还能忍，最厉害的一件事还是发生了。村里砖窑烧好砖等着外边人来买的一段时间里，总有外村人半夜来偷砖。队长觉得知青比较正直，与村民无利害之争，就让男知青在窑上日夜看守。赵二湖在夜里几次赶走外村觊觎偷砖的人。他们怀恨在心，就暗地勾结村里的人，想教训知青一顿。一天，我们和社员正在生产队的菜地里翻地收萝卜，就见四面来了十几个陌生的面孔，又见村里有人给他们打手势，他们就一拥而上拿着棍子锄头朝着赵二湖劈头砍来。等我们反应过来，去阻拦，赵二湖的头已经被打破，满脸是血。打人的人看村里人都涌来，赶紧跑掉。我们根本顾不上他们，让人找来一个薄门板，抬上二湖就往二十里以外的公社医院跑，村里几个要好的小伙子帮助我们轮流抬人。二湖被抬到公社医院，额头缝了几针，打了预防破伤风的针，拿了药，我们返回村里时已经是半夜了。

事后得知，帮助外村人打赵二湖的村里人就是有意和我们过不去的对立方李家。很快，公社和县里的知青办知道了这件事，发了一个文件，大意是如有恶意伤害知青者按反革命罪论处，把事件的严重性提得很高。从此，各方面对我们的态度好转了很多，村里人认为，我们是有政府撑腰的。但从这时起，我心里的悲凉也油然而生，这就是让我们学习的贫下中农吗？难道我们真要在这里永远待下去吗？悲观情绪阵阵袭来，每天傍晚看落日的心情也不一样了。

参加工作队

我在村里劳动了一年半，就被抽调出来参加工作队。知识青年参加工作队，每天记一个整工十分，还有三角钱的饭补。在谁家吃饭，每天交谁家三角钱和一斤三两粮票，粮票得自己用粮食到粮站去换。这和在村里劳动相比，当然是个美差，这样一来，一个月三十天，天天都能记满工。

洪洞县不是上级定点安排知青的地方，在洪洞零星插队的，是自己上门联系的知青。明姜公社就我们一个知青点，公社比较重视，尽可能把我们当成先进往上推。我参加过县里、地区、省里召开的大会，因为发言多了，在县上也出了点名。在村里劳动时逢下雨天或身体不适不能出工，我就在窑里看看书。看的都是自己带来的、希望能让我增长见识的书。有小说、唐宋诗词和《斯大林时代》《共产党宣言》《联共（布）党史》这类的书。同学之间相互交换。我们村的书不多，后来知道本县那个天津知青点，看的是《反杜林论》一类很深的马列著作。他们好像是天津市委的干部子弟。他们宁可不要工分，不怕老乡说三道四，每天下午不出工，就是在家学习，还组织讨论。县里开会时，我认识了他们中间的两个人，知道他们多是高中生。可见这个村的知青自主意识多么明确，他们已经在为今后的前途思虑了。

我到了工作队，被派往本公社几个大队轮流蹲点。我们工作队的几个人一人包一个小队，住在老乡家，吃派饭。我常和一个大婶或大娘睡一个炕，她们对我都很好。有一次，刚到一个村，他们让我一人住在路边上一间没有院落的房子里，我要求和老乡同住，他们说没有合适的人家。到了晚上我很害怕，把门窗顶得死死的。

最头疼的是吃派饭。工作队下乡多是在农闲之时，而这时又往往青黄不接，老乡家已没有粮食。我们一天交一斤三两粮票和三角钱，老乡很高兴，但不能将这粮食都给你一个人吃了，因此总是和他们一道喝糊糊。我记得一个年轻的大嫂，平时自己吃杂面糊糊，我去吃派饭，她就去借一瓢玉米面回来。吃的还是菜糊糊，只是玉米面的更可口一些。

我们的工作队队长，由公社主任兼，他叫王宝臣，"文革"前已经是县委组织部部长，我们叫他王主任。王主任看上去不算精明强干之人，说话不厉声，但也不苟言笑。相处长了会发现，他是一个头脑特别清楚、政策水平很强的人，心地善良，待人厚道。工作队员先后发生过工作失误或言行方面的问题，他既能很不客气地批评，又能妥当地安抚，让人没有怨气。工作队结束后，他会给你安排一个较好的去处。比如，一个十七八岁的农村小青年，工作队结束后，安排他当了公社的通信员；一个小学副校长，想调工作，被安排到一个中学当了教导主任。熟悉王主任的人都说他是个大好人，跟着他工作过的人，他都很善待。

王主任对我很器重。我觉得自己的工作一般，没有什么突出成绩，只是在老乡中口碑不错。老乡见我真的与他们同吃同住同劳动，对他们提出的问题也反映处理得及时，总在背后夸我。大概王主任看重我参加过积极分子代表会，听过我写的发言稿，对我写的工作总结也还满意。我曾经问他：王主任，在工作队能不能入党？他说，可以，叫火线入党。当即，我就提交了入党申请书。过了些时候，他让我回村里找入党介绍人。记得工作队临时支部讨论我的入党问题，有人提出，邢小群的父亲有政治历史问题。王主任说，咱们已经外调，她父亲的历史问题在中央办的山西省学习班搞清楚了。人家还来了公函说明邢家历史清楚。王主任早就用公函对我的家庭情况进行了外调，他对我说，他也到省革委了解了情况。于是，1971年6月，没有入过团的我入了党，还没有预备期。我当时十九岁。据说，这算是特殊时期的做法。我倒没有异常兴奋，只是为入党没有经历太多周折而庆幸。

1971年，中央对知青有了一些政策，比如优先招工、招商、参军，我们县最早安排的一些知青是到百货公司当售货员。记得开会时认识的一个天津回乡知青，是老高中生，被安排到赵城公社供销社。他在一个小印刷厂，专门印刷点心包装最上面的那张有简单图案的红纸。我们原来在县里开会时，挺谈得来，他还提出要和我交朋友，我心里没准备，就没有回应他。散会后，也没有再联系。后来我在赵城街上遇到他，知道他去了供销社，说了几句话，以后就杳无音讯了。那时，知青只要成为国家正式职工，有一份工资，就很知足。后来县里的造纸厂、毛巾厂等小工厂也给了知青不少名额。王主任对我说：我不主张你去工厂，如果有提干的指标，可让你提干。我问：提了干部，做什么工作？他说做青年或妇女主任一类的工作。我对他说：我很想上大学。王主任说，那你就安心工作，等等吧。从那以后，无论是工厂还是其他地方招工，我都没有动心，一心等待大学的信息。

1971年下半年，大学开始招收工农兵学员。我们县知青少，上大学的好事大多落在县里干部子弟身上。好在我有公社王主任的支持，他知道有关大学招生名额已经到了县上，立即让我去县里报名，并告诉我：你是咱们明姜公社推荐上大学的唯一人选。不久，县里组织考试，考两项：一是政治试题，二是命题作文。我的成绩不错。其实，我也知道主要还是靠推荐。记得有个县上的干部子弟，考政治将西哈努克写成努哈西克，还是被推荐上了南开大学历史系。此次录取，知青很少，印象中我们县也就两三个。不久我被告知，山西大学外语系录取了我，让我到县上与招生的大学老师见面。山西大学来招生的是中文系的叶晨辉老师。

叶老师见到我，问：你的档案我看了，你愿意上中文系吗？我毫不犹豫地说，愿意。经过一场"文革"，很多人对学外语既恐惧，又认为没用。我非常钦佩那些外国名著的翻译家，但我知道学外语很苦，需要死记硬背——除了吃饭睡觉，所有的时间都要用上；而学中文对我来说就比较轻松了。叶晨辉老师大概看到我父亲是个作家，对我说，如果你同意，我来帮助你转系。于是，我就学了自己喜欢的中文专业。

我能够上大学，和我被抽调到工作队有关系，更和我认识了王主任这样正派、惜才的好领导有关系。说起来，我是幸运的，我在农村一共待了三年，就出来了。有很多非常优秀的知青，特别是老高中知青，往往因为家庭背景原因，不给分配工作，也无缘上大学，在农村干了七八年出不来。

1979年，知青上山下乡运动式微。大批知青回城待业，冲击了1950年代形成的城市就业由政府包下来的计划体制，引发了个体私营经济的复兴，从而进一步推动中国经济向市场转型。这个深刻的变化，最初都始料未及。这算是知青运动的终结。

在最应该学习知识、开拓精神文化视野的年龄，我们到了那么封闭的精神文化空间。在农村所长的见识，与我们这些年应该有的知识储备，当然不成正比。尽管那时有的知青不放弃学习，经常讨论国家大事，还有的知青有途径，知道一些外部情况；但更多的人是劳动吃饭或闲居城里混日子。

因此，怎能说青春无悔？

工农兵学员

1972年2月,我进入山西大学中文系,是山西大学第一届工农兵学员。

课 程

工农兵上大学,上边提出要教学、科研、生产三结合。体现在课程安排上,要求最少用三分之一时间下乡、下厂开门办学。所谓开门办学,是把工厂和农村当成理论联系实际的实践课堂。到工厂,往往是调查厂史或工人、车间的先进事迹,然后给人家写些厂史、劳模事迹方面的材料;到农村,要求边劳动,边上课。这样一来,教学质量可想而知。

在校内有限的上课时间里,起初,课程强调要兼顾文化水平的高低,因为学员的文化程度悬殊。有"文革"那年已上高二、高三的,有如我刚上到初中一年级及初二、初三者,还有只学到小学五年级的。所以,第一学期给我们安排了通史课,说是连中国历史都没有学全,怎么能上文学史?历史课由教育系来的丁老先生上。我校教育系在"文革"时已经取消,把教育系的老师都并到了中文系，1980年代才又恢复了教育系。丁老先生的历史课，期末考了一次试，我得了九十五分，可能是对最后的问答题有自己独特的想法，老师比较看重。但很快，有工农兵学员以"管大学"的名义反对考试，从此以后，各门课都不考试了。

姚奠中先生教我们古典文学先秦部分。姚先生是章太炎的弟子。当时赶上批林批孔，姚先生不能按以往文学史的线索讲，只能讲儒家怎样怎样，法家怎样怎样。好在姚先生儒、释、道、法都通，不用讲稿，讲得很活，但他的晋南口音，让我听得很费劲，课也上得糊里糊涂。从《诗经》到唐宋的诗，也讲得不多。那时老师们还把握不好古代诗人的阶级立场，《诗经》只讲表达劳动人民疾苦的诗，爱情诗不选，可能《诗经》中的爱情诗比较奔放；唐宋诗讲杜甫的诗多。元杂剧基本没讲。晚清小说，只介绍了《孽海花》《老残游记》《二十年目睹之怪现状》《官场现形记》等几部名著。杨芷华老师主要讲了一部近代小说《苦社会》，作者是谁，忘记了，但杨老师课讲得好，带着自己的深入体味，很感染人。后来从网上查到：撰者佚名，共四十八回，1905年上海图书集成书局印行，1958年上海文化出版社整理出版。反映的是美国华工、华商的生活。书前有海上漱石生序。海上漱石生著有小说《海上繁华梦》。现代文学由高捷老师讲，因为文学史上的著名作家都是"文艺黑线"上的人物，所以只讲鲁迅。高老师原是山西日报社资深记者，年纪大了，调到山西大学，当时没有新闻系，就到了中文系。他讲课有激情，加上他深爱鲁迅，讲得不错，但他选取的，都是比较激烈的篇章，比如《纪念刘和珍君》《辱骂和恐吓决不是战斗》《"丧家的""资本家的乏走狗"》等。那时，我们对上海左翼运动、"四条汉子"、徐懋庸等人的文化背景不清楚，虽然对鲁迅的杂文希望多消化一些，但还是没明白多少。外国文学，因为"资产阶级"的人性、情感、历史观太明显，记得只讲了托尔斯泰的《复活》和《安娜·卡列尼娜》，要点是作家的世界观与创作方法的矛盾性。比如，托尔斯泰本来想把安娜和玛斯洛娃写成一步步沉沦下去的"坏女人"，但现实主义的创作方法使作者对主人公由反感转向了同情。教现当代文学作品的杨雪瑞老师还讲了一篇当时文学刊物《朝霞》上的一篇作品。所有的课，都没有系统，全是老师自己选的篇目。写作课内容很教条，但大三时曹玉梅老师最后讲的学术论文写作，给我启发很大。比如她说：文章的题目，要像旗帜一样飘扬！

老师们当时的精神枷锁很重，只是有的老师条理清楚、声音洪亮、用词丰富，讲课气质上有吸引力；而有的老师就会照着讲稿来读。有个北大中文系毕业的老师，上课声音如蚊子哼，谁也听不清楚他讲的是什么，他自己还满头大汗。据说他是北大五五级参加中国文学史编写人之一，属于肚里有水倒不出来。叶晨辉老师教我们文学史明清部分，他是个书呆子型的老师，课上得很生动。记得最清楚的是，我们开门办学到汾阳贾家庄，劳动回来，一路上他给我们讲《水浒》，"拳打镇关西""倒拔垂杨柳"，我听得津津有味。因为过去看闲书的时候，我喜欢看《红楼梦》，不喜欢看《三国演义》和《水浒》，这一点和很多男同学正好相反。回到学校，我赶快将几本明清小说名著借出来恶补。可见，阅读，如果有好的引导，对学生的影响是蛮大的。叶晨辉是我的招生老师，对他，我总有一份感念之情，有时会到他家看看，去过才知道，他的家庭情况一团糟。他的妻子"文革"中患了精神病，女儿是他这个当爹的一手拉扯大的；他妻子一犯病跑了，他就得赶快去找。他家里书很多，摆得到处都是，且书上都是尘土。即使这样，我也非常敬重他。

还有田希诚老师，东北人，那边曾被伪满洲国统治，因此他从小就会日语。我到了大二时，慢慢意识到应该学会一门外语，又听说日语好学，就和另外两个同学相约去找田希诚老师学习日语。田老师是教我们现代汉语语音课的老师，教日语不是他分内工作，但他欣然同意教我们，一个星期找他两次。可惜，因为开门办学，我们不是下厂就是下乡，误了几次课，就没有兴趣再拾起来了。以后见到田老师很不好意思，让老师觉得我特别没有定力。

在校期间，有意思的课很少，我就到学校图书馆用大量的时间借书看。经过了几年的插队，我深深感到自己的综合文化素质差得很远。尽管我比一般工农兵同学看书多一点儿，理解能力强些；但是，上大学之前我看的书，只是学习人生，体味社会，与大学学习内容无关。关于读书，我曾写过一篇小文章，谈到那时读书对我的作用。

滋润我心灵的是什么

说起自己性格、气质的形成及人生选择，大约每个人都有着包括血缘基因在内的不同文化背景。我一直认为，我之所以成为今天的"我"，与自己从小读的书分不开。

依我们的年龄，最早接触的，是20世纪五六十年代出版的那批当代文学和那时翻译过来的俄苏文学。除了很崇拜那些书中的英雄人物和事迹，就是遗憾没有机会上前线考验自己的胆量和忠诚。如果说有什么疑惑不解的东西，那就是关乎人的感情。比如，读到《战斗的青春》中的区委书记许凤，明明知道曾经的恋人胡文玉已经成为叛徒，却在感情上，仍那么难以割舍。读到《钢铁是怎样炼成的》中的保尔在监狱中遇到一个纯洁的女孩子，她怕被匪徒强暴，一再要求保尔先要了她的贞洁。保尔没有接受她的请求。之后，她真的遭遇了强暴。保尔为此痛苦了很久。那女孩儿为什么要这样？保尔错了吗？毕竟岁数小，那时我还是小学生。

在"文革"停课后到插队落户的那些年月，看了一些19世纪到20世纪初的西方名著。正值青春的成长与思考阶段，那些书对我的性格和人生态度影响很大。我曾经为《叶甫盖尼·奥涅金》中的达吉亚娜对奥涅金的拒绝激动得久久不能平静。纯洁、羞涩、不失热情的达吉亚娜曾为她的初恋烧灼得不能自已，但又清醒地懂得爱与被爱是等值的关系。如果让一头向另一头倾斜，对自己的感情和心灵是多么不公平。所以在奥涅金与她的交往中，当她透过奥涅金的虚情与玩味看到一种诱惑与征服的满足时，便做出了痛苦的决绝选择。她始终恪守爱情在内心的洁净，即使已成为雍容华丽的贵妇，也没有上流社会女人惯用的情感游戏，更没有对不负责任眼泪的怜惜。那时我不知道奥涅金这个形象有何社会批判意义，只觉得达吉亚娜维护了女人爱情的圣洁。

生活给亚瑟（《牛虻》）的磨砺太残酷、太峻烈了。但亚瑟对琼玛的爱始终强烈而执着，以至于那些误解、怨恨都可以解释为爱的扭曲。与其说他因为误会不能原谅心爱的琼玛，不如说是因为他所从事的事业的危险性，使他不愿心爱的人有更多的磨难。在痛苦的承受中更能掂量出爱的分量。亚瑟对蒙太尼里主教的爱不也是以恨的痛苦来承受的吗？我对人的真情有了另一重的理解。

简·爱几乎成了我的一面镜子。本来，最美丽的人生，是平等、独立、自尊，本本分分地做人。这些在不能以貌悦人的女子身上，更能显示人格、气质的魅力。喜欢你的人是因为他能从本色中看到你个性和心智的光彩，不喜欢你的人便是读不懂你的人，所以大可不必为拟想中的白马王子去"塑造"自己。简·爱让我懂得了女人个性的意义。

读杰克·伦敦的作品，坚定了一个信念：既然有人曾经受过那么多的饥饿、冻虐、欺诈、背叛和孤独，还有什么人间的痛苦是不可承受的呢？

托尔斯泰崇尚做人的真实；雨果寄希望于人的善良和宽容；陀思妥耶夫斯基教会我把人看得再复杂些，再难堪些；马克·吐温觉得对付虚伪的最好办法，就是戳穿它。

今天想来，好书真实地铸就了我的人格品位。

上大学之后的读书，我才比较注意对各方面知识的吸取。

上了中文系，和这个专业的要求相比，知道了自己的差距。不管学校水平怎样，老师教得怎样，自己得像个上过中文系的学生。于是我顺着古代、现代、外国的文学史线索，给自己开书单，凡是我没有看过而文学史上提到的重要作品，我都借来。写计划，一个月最少看多少本，希望毕业时把应该知道的书都看了。这一着，很灵，感觉没有虚度时光，收获很大，以至在同学中落下了高傲的名声，说我不爱理人，一天到晚就是看书。但是，我的阅读面还是非常窄——因为文言文底子差，学古代文学的兴趣不大；读书太感性，理性的东西看起来很吃力，哲学基本看不懂，美学看得也少，只选择性地看了一点朱光潜的书；对西方现代哲学、文艺思潮，知道得更少，那时，这方面的信息也比较闭塞。

老师

工农兵上大学，按照专业的不同，分为二年制或三年制，也有另办一年左右的短训班。我们属于三年制，冬季入学，实际在校三年半。

我们入校时，老师们特别欢迎，毕竟停课五六年了。一个大学，几年没有学生，只有在校的教师们大眼对小眼，业务都生疏了。我们的出现，使他们可以再操教业，又有莘莘学子称呼着"老师"，那种沐浴桃李的情感又回来了。中文系当时在编的有六七十位教师，我们成了广漠旱地里的一片小秧苗，大家都很呵护。一进学校，系里就给我们分派了导师，一个十人小组能派上三四个导师，要求学生向老师请教知识；老师接受学生的帮助，改造思想。

那时老师们没有办公室，上完课就回家，同学们要请教，就到老师家。老师住得都很逼仄，讲师一级住在厨房、卧室、书房一条龙——俗称"火车皮"的房子里，有四五十平方米，没有厕所。教授们的住房是20世纪50年代专门给教授们盖的楼，比较宽敞。但"文革"期间，教授的住房里分别塞进去一户或两户人家，让老教授一家人只有一间屋可住。在老师们家里，气氛亲切、自然，谈学习，也谈家事。时间长了，各组学员和自己的导师混得很熟。社会生活比较成熟的同学，还知道帮助老师做些事情。以后，虽然年年招生，就属我们第一届工农兵学员和老师们的关系密切。

那时，老师们的精神面貌不尽相同。有的老师大学刚毕业，还没有上讲堂，就赶上了"文革"，自己能不能当好大学老师，是个问题。他们在学生面前不很自信，只好在友情上多做些文章。有的老师在"文革"中或多或少受过冲击，要么是家庭问题，要么是个人历史问题。这样的老师往往有学问，但受刺激也很大，有人曾赌气把业务书都当废纸卖了，发誓不当知识分子，现在又走上讲台，只好重新找资料备课。以他们的知识储备，讲起来应该绰绰有余，但心里没底，唯恐哪儿讲错了，被学生揪住。

同 学

我们中文系第一届工农兵学员招了九十多人，分甲班和乙班。记得学员中有十几人来自部队，职务最高的是连级，还有一个是军区里的参谋；此外，当排长、班长、战士的都有。但他们当中，有一半是军干子弟。工人，也有那么十几个，是"文革"时停课的老三届学生，没下乡插队直接到工厂当了工人。此外，全是从农村来的农民学员。北京知青、山西知青十几个，算在农民之内。这些人聚集在大学，谈吐气质上有很大不同，表面上大家相处得还可以，但很快共同语言多一些的自成一伙。我感到知青是个特殊群体，自己当过农民，比较理解农村同学的处境；对工厂来的，本就视为自己的城市同盟；知青里的干部子弟和部队里的军干子弟，又天然地接近。我是知青，对知青群体比较在意，全校的知青，只要是认识了，都是自来熟，仿佛原是天涯沦落人，现在又同是跳出龙门人。我不是北京知青，是从太原下乡的，但因为操着一口标准的普通话，还带着京腔，他们都以为我是北京知青。

我在大学最好的朋友是历史系的钱茸。我们报到时，因为行李没有到，在学校招待所同住一屋，聊了一个晚上，成了大学三年最好的朋友。以后，她在学校里认识的朋友，也是我的朋友；我认识的知青朋友，也成了她的朋友。

大学是个小社会，社会各阶层出身的人都有。城里同学比较自我，遇事爱较真；农村同学过于敏感，自尊心强，总怕被别人看不起，自己吃亏；也有人好像自觉不自觉总在算计别人，以求自保。新寝室中，我和王秀凤、王清莲、张爱珍等一个寝室，她们都是来自农村的同学，大家处得很好。那时候，女同学经常帮助男同学做被子。有一次她们听男同学说，中文系大概只有邢小群和赵玉梅不会做针线活：邢小群是书呆子，赵玉梅是体育健将。张爱珍反驳说：你们真不会看人，恰恰邢小群是最会做针线活的，一个周末，她就能把自己的棉衣拆洗完做起来。当时，很多农村同学因为母亲能为她们做，反而针线活不如我。

从男同学的这类看法，能猜测他们择偶的观念、标准。在大学期间，从没有男同学向我示好。男生中的知青，都有了女朋友；而农村来的，我不大敢想；对有的干部子弟，我不太喜欢他们那种优越感。当然，我个人的条件，也属于男生不大入眼的那种。从性格和意志方面讲，我早想好了，宁可独身，也不随便对付。我看的书，让我天然地就是女权主义者，对我影响最大的是《简·爱》。1990年代，我在《健康世界》杂志发表过一篇小文章，谈自己的婚恋观：

女人的眼睛，男人的镜子

不同精神文化层次的人，对异性的审美眼光有很多不同。

作为女性，我喜欢的男人首先应是条汉子。我不看重他的外表体魄和容貌，在我看来，是不是男子汉，要看他的胸怀是否大度、豁达；能够处事不惊，有主见，拿得起、放得下；

或身为领导,或身为朋友,或身为丈夫,都敢于承担责任;为人处世宁失之粗,而不可失之细——因为狭隘、计较、自私,多出自用心过细——这样的男子汉在女人面前,或许不会有多少处处关照的周全举止,可他待人一定要真诚、认真。

我喜欢的男人智商当然很高,但不能因为聪明、才能突出,就自命不凡,经常表现出一种咄咄逼人的姿态。这样的人其实精神多脆弱,缺乏自信。之所以如此,是因为他特别在乎别人对他的看法,一旦对方高他一筹,他的猥琐与媚态可能便出来了。这类人的精神自我中心性,使他不懂得尊重他人,更不懂得尊重女性,他以为这样才具有吸引女性的魅力,不知道他能吸引哪类女性?对于我,却如此的不舒服。我喜欢大智若愚、善解人意的聪明人。他并不因为对方在某些知识、阅历、能力方面不如自己,就不屑一顾,而总能耐心地听别人讲话,尽量用一种别人可以接受的表达方式,使人家愿意接受自己的看法。他自信但不偏激,能看到各种人不同的长处,给人一种可信任可依赖的宽厚感。有的人,你也许一时说不出他有什么特别之处,可就是让你感到舒服。殊不知,让人舒服也是一种魅力。

我喜欢的男人正直、善良、讲义气、讲人格;遇上不媚,遇下不狂;见到别人有难处,乐于助人,不管是男人还是女人,不图回报。

我喜欢的男人要心性活泼、幽默,和他在一起能给人带来快乐和情趣。但应是活泼而不贫嘴,幽默而不尖刻,善意而不琐碎。

我喜欢的男人穿着大方,有现代感;讲卫生,但不过于讲究。

人无完人,我的眼光也许近于苛刻,如果其中有那么一两点不如人意,也就很难说得上喜欢。一人一种眼光,一种价值观,别人未必没有其他的苛刻标准。这样一来,大可不必一看到某男人与某女人在一起接触多了,就会有种种说法。作为当事者本人,也不要想法非分。在很多情况下,有些人比较谈得来,都是冲着你的某些长处,离喜欢还差得远呢。这种接触十分有益,每个人都可以从对方的眼中反观到自己,正视自己。

很多属于品格的问题,其实来自一个人的学识和修养,来自一种境界。这不是短时间能形成的。但有一点可以肯定,对生活质量要求高的女性,在人际关系的质量方面也要求高。阅历有限,从品德到气质都比较优秀的男人,不那么容易见到。

我很好笑一些男人,总觉得自己对女人有吸引力,并且往往是刻意去做。他也不看看他对什么样的女人具有什么样的吸引力?

有失便有得,上大学期间,我没有因为谈恋爱而浪费较多的时间。

分配时节遇见了他

我到山西大学报到的时间是1972年2月2日，这是不合常规的冬季入学，到1975年夏季毕业，我们的学制是三年半。这个学历，是大专学历，所以，过去一直不给工农兵大学生发毕业证书。对我们这些回到学校教书的人，要求最少出去进修一年，然后才能按大学毕业生对待。1980年代初，我曾经到四川大学进修了一年，算是在学历上不差什么了。1995年，学校根据省里的通知，给工农兵学员发过一次毕业证，不知道为什么几天后又叫停了，那些知道信息晚的同学就没有拿上毕业证。

我们毕业那年，省里有通知，说工农兵学员，原则上从哪儿来回哪儿去。所谓原则，是说如有单位特别招人，也可放人。那年，北京农业电影制片厂来人招文字编辑，要求是党员。我是系里的被推荐者之一：一方面觉得我能力可胜任，是党员；一方面让我这个知青，可以不回到插队的县里了。但是北京农业电影制片厂明确提出不要女生，其他知青男生都不是党员，他们就招走了两个农村来的男生，这两个男生算是真正跳出了农门。系里又和我谈话，问我愿意不愿意留校。那时，我的理想工作是当记者，觉得学校里的人际关系太复杂；但除了留校，按政策没有机会留在太原，于是，我同意留校。系里为什么在一百来人的学员中看上我（也是之一），让我留校呢？可能是我在全校大会上曾有个发言，那次发言流畅，声音洪亮，让老师们印象较深，觉得我是个当教师的材料吧。

但是很快得知，省里不允许我们这批学生留校，大意是各条战线急需人才，哪儿来的回哪儿去，一个不留。那年还特别强调，中学教师奇缺，这批毕业生尽可能充实到中学教育战线。我想，回到县里，能不能从事文字工作而不当老师呢？觉得自己对小孩子缺乏耐心，特别是到了基层教育口，出来特别困难。听说，原来推荐我上学的王主任已经到地区组织部工作了，我就给他写去一封信，请他帮助我分配。但是，当我到临汾地区报到时，王主任说，你来信晚了，人家都把你分到县教育局了，我要再插手，就不合适了。他说："既来之，则安之，以后有机会再来想办法。"于是，大学毕业，我只能按临汾地区组织部的分配，到我插队的洪洞县教育局报到。

报到的时候，我又看到那个把西哈努克说成努哈西克的女生，因为她父亲是县领导，被分配到县委通信组。对我来说，如果能分配到县委通信组，应该是回到县里最好的去处。但是，那年让充实教育口，通信组要一个人已是走后门破例，不可能再要一个。我到教育局报到时，又幻想能留到县城里的一中（名气大一些）也好，但人家说，你不是从明姜公社来的吗，就回明姜公社的中学吧。这可真是从哪儿来回哪儿去了。又被打击了一下。

拿着报到通知书回到县招待所后，我没有吃饭，盖着被子哭了好一阵。心想，怎么这么不顺啊！可又一想，有些知青不能像我一样上大学，我应该知足了。三十年河东，三十年河西，我就不相信能一辈子困在这里。

多年以后，我和同学们联系，得知，从农村出来的多数同学都在县、地两级的各个部门当了干部。那时，这已经是最好的职位。只有少数人到学校教了书，如我一样。恢复研究生考试后，我的同学中没听说谁考上了研究生。有能力的要么成了家，有了养家之责；要么是外语不行，因为我们没有设外语课。倒是外语系的同学不少人凭着外语优势考上了研究生。这些人在工农兵学员中比例很小。

在这里，可以说说我和我先生丁东的相识。我父母亲的老同事吴家瑾，原在中国作家协会的《诗刊》编辑部工作。1960年代后期，她丈夫调到太原华北卫生研究所，她也来到太原。她先在太原晚报社，后到了山西大学学报杂志社。因为是父母的老同事，又在一个学校，我将其视为父执一般的长辈来往着。在我快毕业的时候，吴阿姨要给我介绍一个男朋友，说是她参加山西省教育口调查组时认识的一个北京知青，叫丁东，在山西省政策调查研究室工作，文笔不错。他也被抽调出来，与吴阿姨在一个调查组。

吴阿姨说，不少人给这个小青年介绍对象，他都不想谈，表示想找个北京知青。吴阿姨对他说，我给你介绍一个人，她不算是北京知青，父母曾在北京工作，相貌一般，但比较有造反精神。据说，丁东一听，有了兴趣，愿意相识。吴阿姨和我说这事时，我已经拿到去洪洞明姜中学报到的通知书。我说，我已经分配到县里了，他在省城，人家可能不愿意。吴阿姨又去问，丁东说，没关系，能谈得来就行；以后回不了太原，我可以调到县里去。我听了，心里一动，觉得这人不俗。

我认识一个女同学，大学期间与一男同学形影相随，要好三年，分配时得知对方去的地方不好，断然分手，一点儿情分不留。于是，我同意与丁东一见。见面时，吴阿姨在场，只闲聊了一会儿。我感觉，他是典型的北京知青，举止落拓，刚从挖防空洞的工地赶来，鞋、裤子上还有泥点。告别时他对吴阿姨说，您就不用管了，我自己联系。第二天，他就约我到太原的迎泽公园会面，散步中介绍了他的单位、他的同事和工作，还有家里的情况。我心说，他怎么这么直接，还没有问我愿意不愿意和他交往，就介绍他家的情况。又过了一两天，他拿来了一本自己写的诗——自抄诗集送给我。诗集扉页上写道："当年号曲韵尚存，而今献给心上人，征程处处多风险，再战不必改单纯。"我看了，心想，刚认识几天啊，就"心上人"，也不嫌过分？又一想，也许借此表达他的自信和想与我交往的态度。我没有吭声，既然你觉得可以相处下去，就相处一段时间再说。这时，县里还在暑期放假中，我住在太原我姐姐家。过了些天，我告诉他，我要走了，到县里那个中学去报到。他说，我送你去。我说，不用，你送我算什么？让新单位的人怎么看？但他不容我反对，买了与我同一天同车的火车票。原来，他已找到去晋南出差的机会，想与我多接触接触。去洪洞县的前一天，我找来了一辆平板车，丁东与我一起拉上行李，到火车站办了托运。第二天，我们又在火车站相遇。那天我大学同学唐垠兰还在太原没有走，赶到车站来送我，她是我熟人中第一个见到丁东的人，她悄悄对我说："人不错。"

丁东不顾我的反对，同我一起在离我们公社最近的一个小站下了车，拿着行李走了十几里，去了明姜中学。学校校长热情接待，会意地认为他就是我的男朋友。之前我对丁东说，人家问你在哪工作，不要说你在省委工作，他答应了。当人家问他在哪工作时，他回答：工厂当采购。我一听，差点笑出声来。在学校小食堂吃了顿饭，丁东就赶火车走了。来到学校分配给我的一间平房，正要打开行李，校长又过来对我说，刚接到县教育局通知，让你到赵城公社孙堡大队报到，去基本路线教育工作队。就这样，行李没打开，学校就派车把我直接送到了孙堡大队下乡工作队。

此后，我和丁东有着长达两年的通信。

又当了工作队员

我在工作队里工作认真,领导布置的事情,努力落实,没有布置的事情,我也搞得挺热闹。比如在我负责的生产小队组织了一个文艺宣传队,年轻人业余说说唱唱,让演的、看的人都有个乐子。这让我的下乡生活也不那么寂寞、枯燥。在这个宣传队,我遇到这样一件事:一个会拉二胡的小伙子与同村一个会唱眉户戏的姑娘要好,但小伙子的家里不同意,一定要拆散他们。于是二人破釜沉舟,对父母说已经怀孕了,家人只好妥协,给他们办了婚事。婚后,才知道他们并没有怀孕之事。我没有以工作队队员的身份参与他们的家务纠纷,也以为女方有了孕;但私下,我明确表示支持他们自由恋爱。因为下乡插队以来,我看到农村青年能自由恋爱的太少,基本还是包办、半包办,仅仅让男女双方相相亲,几乎没有什么约会的过程,就进入谈婚论嫁。纠缠最多的事是彩礼和聘礼。记得我们刚到南山底村时,有一家娶媳妇,新娘子坐的马车已到了村口,再也不往前走,说是男方少给一身灯芯绒衣服。后来,又有一家娶亲,新媳妇也不下车,说是男方答应给的一辆自行车没有看见。那时,新娘明白,此时不要,以后就再也不会得到。发生这些事的主要原因还是乡村经济普遍落后。没有经济做基础，观念如何改变？像电视剧《平凡的世界》中秀莲不要少安家的彩礼，这等事，那时没有听说过。我插队时，前后有两个女孩儿让我陪着到县城置买结婚用品，女孩看中，男家就得掏钱。中国农村经济如此窘迫和压抑，秀莲何以能从少安身上看到希望？显然作者路遥把人写得理想化了。改革开放以后，农村还存在着要彩礼的现象，但自由恋爱已经不奇怪了。彩礼多少，双方依经济条件而定。我下乡那些年，村里若真有男女自由相好起来，还是要以"伤风败俗"为由被打压的。我们宣传队这俩小青年的事，曾经使那个几百户的大村沸沸扬扬，也算轰动一时。

说到下乡搞运动，我也遇到过难办的事。

一天，我去吃派饭，主人让我上炕。因为不会盘腿，天天为这事和饭主们推让，遇到随便点的人家，也就耷拉着双腿坐在炕沿吃起来。可今天这家主人不依，硬是将我推到小炕桌正中的位置坐下。他和儿子坐在两侧相陪。我有一种预感，这家人有话要说。

果然，饭菜一半下肚，主人闲话中有了郑重。

"这日子遇到了麻瘩（麻烦）。"当家人叹了口气。

"怎么啦？"我问。

"媳妇刚进门三日，去了娘家，再不打回头。"

"不是兴男人到女家去接吗？"

"接过四五次啦，就是不回！"儿子搭了话。

"怕不是还想要点什么吧？我听说，有人结了婚，嫌男家置办的东西不齐，就不回转。你估摸，你家媳妇是这打算不？"

"唉，工作队同志，咱看你是过来人，不把你当外人。"当家人说。

过来人？我心里一怔。不吭声，接着听他说。

"那媳妇硬说，我儿子干那事不行。"

那事？我又怔了一下。先别问，让人家小瞧，佯装认真地听。

"她瞎掰！不信，你们工作队派人叫她回来，咱叫上一些人，给她明房！"儿子声调高了一截，脸发白，样子很气。

明房？我越听越糊涂，怎么像《智取威虎山》里的黑话？这官司该怎么断？心里咚咚地直打鼓，把最后一口饭咽进肚里，尽量不露声色，淡淡地说："我们研究研究再说吧。"然后，逃似的出了那家的门。

晚上，黑了灯，和房东大婶儿躺在炕上唠闲话……

"婶儿，明房是咋回事？"

"咯……咯咯……"婶儿一阵笑，"我的傻女子，你读书读得太多，都读傻了。村里像你这么大的女子，都已经俩娃啦！咯……咯咯……"还是笑，什么也没告诉我。我只好去问工作队的一位女同志。她是县妇联干部，一番解释，让我搞明白了。自然不让我再过问那家的事，毕竟没有结婚，还不是"过来人"。

据说那媳妇始终没有回来。当然，有工作队在，也没有明房。可见，我当时人缺少社会经验。

在乡村当教师

我在教育口工作队工作了整一年,回到明姜中学,教高中语文并当班主任。

其实,对教书我也是蛮有兴趣的,虽然从没有当过老师,可做了多年的学生,知道当学生的喜欢听什么,不喜欢听什么。那些语文课的内容,都是我们熟知的故事,我尽量将乡下孩子不知道的事情讲给他们听。他们觉得我这个京味十足的老师确实与当地的老师有许多不同。

乡下孩子很朴实,他们喜欢你,总想为你做点什么。比如,他们主动搬砖、和泥,在我的宿舍门外给我砌个灶;主动提来井水,让我用水时比较方便。晋南人喜欢吃面食,学校教师的伙房,十来个人就餐,只一个大师傅,几乎每天中午吃面条,下午吃窝头、小米粥。商品粮不供应大米,要想吃大米,得拿别的粮食去换。我喜欢吃饺子,就自己买来简单的灶具,星期天休息时买点肉、韭菜,从食堂里领点白面,包饺子。周末,学生和有家的教师都走了,学校里很静,有时就我一个人,但吃着粗制砂锅煮的饺子,心情很愉快。下午再到公社供销社转一转,到我熟悉的老乡朋友家坐一坐，日子也过得挺快。

乡下的孩子眼界窄，很少提问题。可是，乡下的习俗，又让孩子们早早知晓人事。1990年代我写过一篇文章，其中一节谈到那时的感受：

> 回到那所学校。我教高中班的语文，还当班主任。
>
> 学生们十六七岁，一多半住校。男生宿舍、女生宿舍都和教室一般大，一溜的土炕，睡下了看到的是一排脑袋。班主任什么都管，深夜要检查炉子，看火封好了没有；天不亮，去敲门，催着起床出早操。乡村里来的孩子睡觉有一丝不挂的习惯，但不论男孩儿女孩儿都不避我。
>
> 学生们都说喜欢听我讲课，说我的北京话好听。还愿意让我教唱歌。学校歌咏比赛，我给他们排了个三部合唱，拿了第一名。
>
> 我喜欢他们的淳朴。可有件事让我气傻了眼。
>
> 这年，我领了结婚证。夫妻两地，丈夫出差经过，在我屋里住了一夜。那天，明月当空，新婚小聚，心情格外舒朗。借着月光，忽然发现后窗处有黑影在动。再一看，叠着一堆脑袋。"好呀！有人听房！"我不禁怒气冲起。
>
> "谁？"
>
> 一阵脚步。待开门看，已无踪影。
>
> 学校，一片平房。教师一人一间。房不大，简陋，但让人心静。前窗两扇，低，挨着门；后窗小，高，只为前后能

通风对流。我的后窗下放着一大堆圆木,站上去,从屋里正好能看到窗外的脑袋。

其实,我认出了几个脑袋,是我班的学生。我气着去找教导主任,宣布,不给这个班上课了。主任说,这儿有听房的习俗。老师们来了家属,就有人去听房。老夫老妻照样有人听,别说你们小夫妻了。没啥了不起,别在意。

不能容忍,太愚昧了,敢听老师的房!让我哪有尊严再去面对他们?拖了几天不去上课。

本来,事情会在无声无息中过去,结果让我搞得学校上下无人不知,学生见了我,头不敢抬。教导主任把那几个脑袋叫了去,训了又训,还在学校大会上宣布:今后谁再去听老师的房,是侵犯人权,是愚昧的表现,要绳之校纪。

课又上了,再也提不起精神。

好在,没多久,便调离了那所学校。

被当地习俗玩儿了一把,很长时间不是滋味。现在想来,一些人间事,我所以懂得那么晚,是因为了解的渠道都被堵塞了;乡下的孩子在该知道的年龄就知道了,虽然知道的方式不那么文雅。比起他们,那个时代的我们,活得是不是更不自然?

回母校教书

调 动

我从工作队回到明姜中学已多半年,一天,突然来了两位山西大学的老师,其中一位,是我们系的。他们问我愿不愿意回到山大教书,我听后心跳加速,意想不到的好事来了?他们说,学校的教师青黄不接,急需青年教师补充血液,否则就断层了。学校给省里打报告,询问能不能将当初准备留校的学生再调回来,省里同意了。可见当初要留校的学员及名额已经通过了上边审批,否则手续不会这么简单。于是学校就派几个老师到各地区寻找当年准备留校的毕业生,询问还能不能回到学校。老师说各系当初决定留校的人,有人已经成家,有人觉得自己现在的工作不错,表示不回学校了。我立即表示愿意回去,因为此时,我与丁东已经领了结婚证,正发愁今后怎么办。

这两位老师回到山西大学不久,我就接到县委组织部的通知,让我去办调动手续。这个消息,在明姜中学一下子传开,大家很惊奇,都问我怎么那么容易就能调回太原。因为明姜中学当时有一对夫妇，太原人，父母年事已高，家中无人照顾，他们要求调离的报告不知道打了多少回，县里就是不放人。有人说，进了教育口，就别想再出来。他们夫妇几乎每个休息日骑车二十多里到县城找关系，为能调回太原熬得精神都不太正常了。我真不知道该怎么和他们说，因为这其中有很多偶然的因素。

我一到明姜中学，就参加了由教育系统组成的工作队。工作队由分管教育的副县长带队，由文教部的主任主持。这样，无形中我就与他们共事了一年。

我插过队，并参加过农村工作队，和村里干部群众关系搞得不错，他们对我的评价很好，给工作队领导留下了较深印象。记得工作队快结束时，一向不怎么说话的文教部郭主任问我以后怎么打算，意思是我在工作上有什么需要他帮助的地方。我说，我是知青，男朋友在太原，希望能调回太原工作。他说，你一个女孩子，在这里无依无靠，能回去就回去吧。我说，如果那边有调动我的机会，您不要卡我。他说，不会的，我同意了，组织部就会放行。还说，王主任和我说起过你，让我有机会关照你。我听了特别高兴，原以为王主任顾不上管我的请求，没想到他有意在为我铺路。

就这样，当山西大学一来商调函，我拿着调函到县里，郭主任立即签字。到临汾地委组织部拿到调令，回到县里，一路盖章，一天就办完了调动。那些天，我不知道有多兴奋，老天有眼！怎么又这么顺了？

明姜中学的老师都猜测是丁东给我办的调动，因为那个印着山西省委字样的信封，几乎一个星期来一封。

1977年7月，我上完本学期的课，就动身去了太原。到山大报到后，9月开学算是回到了大学母校。

好事连连

我能回到太原，最高兴的是丁东。我分配到县里时，我们刚相识，从此主要靠信件往来，在信件中加深了了解，也加深了感情。记得丁东每封信都附一首诗。送我到明姜中学后，他来信写道："生活的路啊，岂止是泥泞？有激流还有凌空的绝壁。可是再难走又何所畏惧。因为有两颗忠贞的心跳在一起。"那天确实下着小雨，乡村的路的确很泥泞。后又有信写道："荷锄投笔若从戎，不理红装理刀丛。敢挺疾风当劲草，亦存健体斩苍龙。公社巨厦金汤固，祖国大地铁牛耕。我欲相帮无奈远，梦中为你喊冲锋。""何必相识久？情深赖志投。携手长征路，献身反潮流。相别虽两月，如度二十秋。千思凝一景，雪山共白头。"

那时，我们都很"革命"，精神气质上比较相投，都认为"爱情的力量要激励前进"。我们的通信很少表达感情，多是说最近看了什么书、什么电影，或身边发生了什么事；谈谈阅读后的体会，或是对某些事说说自己的态度和看法。如同齐邦媛在《巨流河》与她的大飞哥通信。可能我们及我们的前辈这种含蓄的交流方式是很普遍的。丁东是我的初恋，也成为我一生的伴侣。作为男性，难得他认为物质和相貌的因素并不重要，因为人的境遇总是要变的，容貌也会变。说到底，两情相悦，还是要在精神、性格上能有共鸣，相互吸引才好。我想，这种共鸣和吸引应该是一生的。感情的不变在于精神个性的吸引不变。不管别人是否认同，反正我始终是这样认为的。

1977年10月1日，我们回到北京，由不多的亲戚在一起吃了顿饭，算是补办了结婚仪式；又到江南一游，旅行结婚。这一年好事连连——我回到山大中文系工作，丁东考入山西大学历史系成为七七级大学生。丁东本来爱好文学，想考中文系，一想到我在中文系当老师，他当学生，不免尴尬，就改考历史系了。他的考试经历，在他的自传《精神的流浪》一书中，有详尽的描写。

山西大学

我们工农兵大学生若留在学校，多数是搞了行政。与我同时回到山大中文系的同学郭留柱，回来当了班主任。我回到系里，明确让我搞教学，还问我希望搞哪个专业。我想，自己最熟悉的还是1949年以后的文学——二十多年的文学历程，几乎与我共生共长，就要求搞中国当代文学，系里同意。并告诉我，可以进修两年之后再上课。我很高兴，便开始联系到名牌学校进修的事。

山西大学曾是中国最早的国立大学之一，1901年，清朝宣布实行新政，兴办学堂成为改革教育的主要内容。同年9月，皇帝下诏："除京师大学堂应切实整顿外，着各省所有书院均于省城均改设大学堂，各府厅直隶州均设中学堂，各州县均设小学堂……"当时太原设有"晋阳书院"和"令德堂"两所书院，张之洞建的令德堂书院拥有部分西学特征，"百日维新"期间，"令德堂"曾改为山西省会学堂。1901年，在义和团运动中，山西人仇杀天主教教士、主教，共一百三十余人，教案特别严重。处理教案问题中，在山西传教的英国耶稣教浸礼会传教士李提摩太于1901年3月向清廷议和全权大臣李鸿章及奕劻提议，以山西教案赔款五十万两白银，在太原创办一所近代中西大学堂，选拔全省优秀学子入学，学习近代学问。1902年初，李提摩太偕人来太原拟签订正式合同时，得知晋省已办起了山西大学堂，于是他又建议岑春煊将山西大学堂与他拟创办的中西大学堂合并办理。合并后，山西大学堂内设两部，一部专教中学，由华人负责；一部专教西学，由李提摩太本人负责。直到1910年，山西大学堂开办近十年，省里出的经费五十万商银已付清，根据"合同"规定，西学专斋应归还山西自办。这就是山西大学的历史。山西大学堂早期中西合璧、文理并重，办学思路开阔，育人理念先进，成为中国现代高等教育的重要发祥地之一。

但是，在中国的高校格局中，山西大学后来渐渐落伍了。山西地处黄土高原，自成格局，环境相对封闭。我觉得，长年在这种环境中做事，心胸容易狭窄，气度大不到哪去。虽然近现代也出了不少山西籍的教育家、文学家，但仔细一看，大都是走出娘子关才成了龙。1949年以后，许多山西籍知名教授，为了报效桑梓，回到山西。外语系常风教授是钱锺书在清华的同窗好友，1940年代已经在全国文坛知名；中文系的姚青苗教授在民国时也是国内有名的文艺批评家；郭根教授是著名报人邵飘萍的女婿，1940年代就任《文汇报》总编；历史系的阎宗临教授，从法国留学回来，是国内研究中西交通史的翘楚。20世纪50年代，他们先后来到山西大学，但学术研究都很不如人意。

我在校学习时，山西大学的教师队伍还算雍容。比如，一个系有几十个教师，一个教研室有十几个教师，一门专业至少有两个以上的教师在第一线上课。那时每年招生百人左右，两个班，每门课的老师可以做到轮换，即，上一年专业课，休整一年。休整这一年是教学补充研究的一年，也是自己搞科研的一年。一门课，如果有了新的研究、体会和新资料的发现，自然要不断补充、完善和修正。如果一个教师的讲稿多年不变，总照本宣科，学生也会看不起你的。同时，总得将研究成果变成文章发表，才算研究成果，这些工作何时做呢？有一年的研究时间是很合理的。

我当然希望到名牌学校进修，但那时，很多学校没有走上正轨，自顾不暇，不招进修教师。我只好自己去北京，住在婆婆家，到北师大、北京师范学院（现在称首都师范大学）、北大去听课。那已经是1978年的事了。

教学生涯

我在大学教书三十五年，可分为两个阶段。前一阶段在山西大学，后一阶段在中国青年政治学院。中间有几年在北京的几个杂志当编辑，但教龄是随着工作关系的正式调动而延续的。

从1977年9月我回到山西大学教书，到1993年离开山西大学到北京，我在山大工作了十六年。

1978年，我在北京听课半年，被学校召回，给七七级学生当了半年的班主任。七七级学生的年龄层次和我差不多，有的岁数比我小，少数人比我大。他们是正式考进来的，文化基础整体上要比工农兵学员强得多。他们当中知青（包括回乡知青）的比例比较大，社会阅历丰富，人生坎坷跌宕，只有极少数是应届毕业生。六六、六七届高中生入大学时年龄最大的三十岁了，不少人已经成家。中文系七七级有个女生已有了四个孩子。还有一男生说，算上他自己，他家里小学生、中学生、大学生都有。

有了家小的人，怎能不牵肠挂肚？他们比较成熟，自学、自我管理能力很强。到了夏收、秋收时，让我在假条上签字，我一概允许。有的学生家庭负担重，只有到考试的时候才回到学校，平时几乎看不到他的影子；即便如此，我也都睁一眼闭一眼。他们当中，有人的水平真是超过了老师。我们中文系七七级学生中有几位比我年龄大，大家相处起来如朋友，毕业以后他们干脆不叫我老师而叫名字了。

1979年，我还没有上讲台，就面临怀孕、生育了。这一年，还在进修期，没有教学压力，但精神上并不轻松，因为转年就要给我安排部分课程。儿子是当年11月出生的，五十六天产假后，我在与学校紧邻的村子里找到一个六十多岁的老大娘，把孩子日夜放在她家，让她给我看孩子并喂养。受我母亲遗传我没有奶水。而后，我就拖着虚弱的身子上了班。那时我和丁东双方的母亲都没有退休，即便能来帮忙，只有十二平方米的房间也转不开。好在我除了开会，多数时间是在家备课，每天傍晚走上十几分钟，就能去看孩子。

当时，丁东带工资上学，一个月三十六元五角；我大学毕业，工资是每月四十二元。除了给大娘三十元日夜带孩子的费用，还要拿出十五元给孩子定牛奶、买糖和果汁。剩下三十多元钱就是我们的基本生活费了。"文革"前，我父亲是十一级干部，母亲是十七级干部，工资都不低，但他们表示，自己的困难，自己解决，子女各家，谁家都不管。学校每年都有职工申请困难补助，我就向系里递交了一份申请。结果，人家说，邢小群还申请补助？意思是：她父母家不差钱。我婆婆是北京三十一中化学实验室老师，一个月六十多元工资，婆婆决定每月资助我们十五元，这才稍微缓解了我们的压力。要把孩子送出去，我也流了不少眼泪。有同事说我心狠，孩子那么小，就敢送出去，真能做得出来！有同事说我生活能力太差，不会带孩子。这些我都默默饮吞下。我当时只有一个信念，不仅要儿子，也要事业。这二者在我的心理天平上一样沉。

那时，大学毕业教书，一般是师徒传承。比如，让一个教授带你，听他的课，从助教做起，然后在他的课中负责讲授一些专节。"文革"前的中文系专业课程中，只有现代文学，没有当代文学。或者说，1949年以后的文学在现代文学这门课中只是一个尾巴，顺便讲一下即可。理由是，这个时期的文学还不成熟，没有经过历史筛选和沉淀，优劣评价还在不确定之中。"文革"之后，现代文学界觉得1949年以后的文学生长期不比1919年以后的新文学短，特别是文学表现的社会生活和价值理念与现代文学拉开了距离，应当独立为专门的学科了。所以，在1979年的一次新时期文学研讨会上，成立了当代文学研究会，并确定一些高校联合写一部中国当代文学史。那次会议在长春举行，我参加了，还带着五个多月的身孕，这是我成为大学教师后第一次参加学术讨论会。此后，无论是合作编写，还是独立撰写的中国当代文学史，就不断问世了。

当时有一种风气，从事古典文学的看不起现代文学；从事现代文学的看不起当代文学。似乎时代越久远，学问越深厚。老师们言谈话语间，时有流露。我心想，面对当代文学，没有老教师，就不会被挑剔。经系里批准，我来到北京，住在婆婆家，到北大、北师大和北京师范学院听课。各校听课也容易，抄下课程表，进去听就是了。我在这三所大学之间奔波，相关课程都听点，主要是想借鉴他们的教学方法和风格。

山西大学中文系在我来之前，有一个教师教当代文学，她叫刘梅文。她是老五届，"文革"中大学毕业，当代文学对她来说也是一门新课，她只能按照教材，加点参考资料来讲。无论从内容到方法，我不可能从她那里学到什么东西。但她对我非常友好，愿意让我一块一块地分担她的课程，课备好一块讲一块，其余由她兜着，而不是将一年的课程一下子压到我头上。这就给了我很大的缓冲。比如，她先让我讲当代诗歌，然后讲当代戏剧，再讲小说和散文。我第一次上课，是给七七级讲当代诗歌。

备课的过程，实际是从头学习的过程。我当学生时，没有这门课。好在1949年以后比较著名的诗人如郭小川、李季、闻捷等人，我不但读过他们的诗，还见过他们的面。他们是我父亲的同事，我家和他们各家处过邻居，对这些诗人有感性认识，说起来不陌生。大学讲坛，有一定自由度。讲谁，不讲谁，如何讲，教师可以选择。但我也不能光讲见过的诗人，还是要从文学史的视角，概括当代诗歌的整体面貌和我的阅读感受。

转眼到了1980年，我登上了讲台。第一次上课，只讲这门课程的一部分——当代诗歌。我面对的是已经大学三年级的七七级学生，也就是恢复高考后的第一届。学生对我很友好，但我能不能在讲台上站住脚？心里没底。

据我所知，各校教师如何教当代诗歌，差别很大。虽然文学史编得差不多，讲不讲，如何讲，在于教师自己的选择。我仍分成几节：老一代诗人、延安诗人、1949年以后成名的诗人和"文革"后出现的新诗人。老一代诗人郭沫若、臧克家等，1949年以后的创作乏善可陈。我直言不讳地在课堂上说出自己的感受。郭沫若作为文坛领袖，失去了五四时代创作《女神》的风采。他自己也自嘲："郭老郭老，诗多好得少。"

臧克家在1949年以前创作的《有的人》《老马》，属于风格上有个性的好诗，后来他几乎不写诗了。1949年以后，他的成就是办了中国第一本专门的诗歌刊物《诗刊》。

延安诗人主要讲郭小川、贺敬之、闻捷、李季等，他们在1949年以后的诗作代表了当时的诗歌潮流。郭小川曾写过激情豪迈的诗，如《致青年公民》组诗，他的《望星空》《白雪的赞歌》《深深的山谷》《一个和八个》，却呈现出更多的探讨空间。

我讲郭小川重在强调他作为一个诗人在个性上、思想上的矛盾，从而更能发现一个优秀诗人的人性深度和思考魅力。闻捷的《我思念北京》，曾被臧克家编入《朗诵诗选》，我上小学时，就参加过此诗的集体朗诵。当时痴迷于诗句的多彩斑斓，读起来异常兴奋。而这时以学术的眼光重新审视，才知那并非诗之上乘。我讲课时特别强调了他的长篇叙事诗《复仇的火焰》，其中族长的"初夜权""寡嫂改嫁小叔子"的婚姻习俗，给我留下较深的印象。我觉得能把小说的内容写成诗章的诗人还是太少。李季虽有《当红军的哥哥回来了》，但风格与他完全不同。

贺敬之的诗，中小学选得比较多，比如《回延安》《桂林山水》等。讲贺，多讲他在形式上的探讨，他和郭小川都模仿过苏联诗人马雅可夫斯基的楼梯诗，但贺敬之的《雷锋之歌》成果最突出。记得开头几句："假如现在呵，我还不曾，不曾在人世上出生，假如让我啊，再一次开始，开始我生命的航程——在这广大的世界上啊，哪里是我最迷恋的地方？哪条道路啊能引我走上最壮丽的人生？"楼梯诗适合朗诵，他的这首诗，先声夺人，引人向往。

这几位诗人我都见过，郭小川、闻捷、李季曾经先后是我家的邻居，和我父亲很熟悉，我讲起来也很亲切。

邵燕祥、流沙河、曾卓等人的诗，被学界称为"归来的诗"，艺术性、思想性都较强，意境、力度炉火纯青。曾卓的《悬崖边的树》："它的弯曲的身体／留下了风的形状／它似乎即将倾跌进深谷里／却又像是要展翅飞翔……"展示了这个群体的姿态与精神气象。

　　这个群体，我特别关注了公刘。公刘很有才华，1950年代有人读了他的诗说：艾青的时代过去了，公刘的时代开始了。公刘参加过《望夫云》《阿诗玛》的整理，创作了叙事诗《尹灵芝》，不久被打成右派。新时期之初，他写的诗很多，多数都有影响，像《长城砖》《绳子》《关于真理》等。巧得很，1960年代中期我随父母回到了山西太原，认识了公刘。公刘被打成右派下放到山西某县，后被当时的省文联主席马烽调入省文联。我先认识了他的女儿小麦，后才见过他。但那时我十几岁，没有读过他的诗，假如看过他1950年代写的《上海夜歌》，一定会留下较深的印象，见到他一定会产生好奇，希望对他了解更多。后来在1980年代的一次会上相遇，他对我还有印象。

　　青年人的诗，我主要讲朦胧诗。朦胧诗在《诗刊》登堂入室几乎和我上讲台同步。那时，一旦读到好的诗，不等文坛有评论，我便在课上先讲起来，学生都是同时代人，共鸣感极强。比如北岛的《回答》：

卑鄙是卑鄙者的通行证，
高尚是高尚者的墓志铭。
看吧，在那镀金的天空中，
飘满了死者弯曲的倒影。
……

像这样的诗,其实有无限的阐释空间。年轻人可以通过无数遍的阅读,发现自己的体悟。特别是这句:

> 告诉你吧,世界,
> 我——不——相——信!
> 纵使你脚下有一千名挑战者,
> 那就把我算作第一千零一名。

学生、教师和文学研究对象三方,居然是同一代青年,现在回想,真是少有的文化奇观。我们从迷狂走向怀疑,但心灵没有冷漠。反叛,却关心公共事务;迷茫,却仍然追求。像舒婷的《致橡树》《这也是一切》《祖国啊,祖国》便是证明。因此,先不要说同学们讨论解读得怎样,拿来读一读,已是很兴奋了。

记得诗歌课程结束时,一百多位学生自发地给我鼓掌。这让我信心大增,迈出了大学教师生涯的第一步。

在整理本书稿的过程中,我的一位八一级学生,她现已退休,曾是资深编辑,我请她帮忙阅校我的书稿。她来信写道:"一边看您的文字,一边回想起您上课时充沛的激情和击穿书本的信息量,能体察到您有为我们架构一种学术气质的雄伟之心。当初,您的课激发出了我们空前绝后的学习热情,我们一个班的学生集体攻占了南边报纸杂志阅览室,"三个崛起"等热文被我们争相传阅。朦胧诗抄了一本又一本,以至于许多人到现在对诗歌的欣赏接受只到朦胧诗便戛然而止。"

中国当代文学虽然在教师同行中受到轻视，却比古典文学、现代文学更方便与时代的脉搏共振。这门课就是现在进行时。我没有精神负担，更愿意让教学过程拥抱思想解放的潮流。当年，师生同气相求、美美与共的情景，不会再有了。

当代文学史这门课大体要讲四大块：小说、诗歌、散文、戏剧。有的学校，搞当代文学专业的人很多，老师们往往根据本人的爱好，专门讲一两块，比如专讲诗歌，包括开专题选修课，在某个领域研究得越来越深，成为专门批评家。如北大的谢冕先生，四川大学的尹在勤老师，还有刘登瀚、王光明等不少诗歌批评家。但我们学校要求一个老师要把这四大块都拿下，所以，我开的第二个专章是戏剧。刘梅文老师觉得这一块她也不熟，还不如让我先讲。

准备戏剧文学，我还是老办法，先通读《剧本月刊》等有关刊物。刘老师曾给过我很好的建议，她让我通读1949年以后的《文艺报》，这样对1949年以后文艺界发生的大事情，包括戏剧界的批判运动也有了大体的了解。我想，原先连我都不太明白的事，学生怎么能明白？所以，我讲戏剧时，先参考顾仲彝的《编剧理论与技巧》，讲"关于戏剧应该搞清的概念"。戏剧的基本条件是什么？是表演。戏剧是以演员的表演艺术为基本条件，综合了表演、导演、文学、美术、音乐、舞蹈和舞台技术等各种成分。

十七年的戏剧（1949—1966），我重点讲"第四种剧本"。这是受"双百"方针影响出现的一批剧作。如杨履方的《布谷鸟又叫了》、海默的《洞箫横吹》、岳野的《同甘共苦》等。我很喜欢这类剧作，因为它有对现实生活的质疑和反思。

其实，无论从历史还是现实着眼，学生们都既不熟悉，也不喜欢听这个时期的戏剧内容。但是那个年代的剧作并不都是一味地歌颂。比如，我从《同甘共苦》中发现了更多的内涵：作者认为，共产党队伍中的多数人不懂得尊重妇女，特别是高级干部对女性始终有居高临下的取舍态度，这实在是夫权观念的再演绎。所以，我认为男主人公这个形象是对1949年后第一次离婚高潮的独立反思。我把这些感受写成了文章《〈同甘共苦〉再认识》，发表后，得到南京大学专门研究当代戏剧的董健老师的赞赏。董老师也曾因为这篇文章，提议我报考他的研究生，可惜我外语不行，没敢考。

我也很喜欢海默的《洞箫横吹》。剧中阴郁的基调，在1949年以来的剧本中从来没有过，那时称为干预生活的剧作。剧本中出现的党内官僚主义指向了县委书记一级，也是第一次。今天看去，此剧可算一面历史的镜子。后来，从郭小川的日记中，从老鬼的《母亲杨沫》中，知道了不少关于海默的信息。他是一个非常有才华的剧作家，"文革"中被迫害致死。

在讲当代戏剧时，我的重点还是放在剧作新思潮方面，说明新思潮的剧场形式、表现手段与传统的极大不同，不但有内容的突破，更主要的是形式上的超越，而形式又寓意着更多的社会与哲学方面的内涵。比如：贝克特的《等待戈多》，两个剧中人在等待什么呢？我想让学生知道，他们现在看到的戏剧，是如何从传统戏剧观念一步步走到现在的，代表作品多是受布莱希特、奥尼尔影响的小剧场作品。

刚上当代文学的小说专章时，我还讲点"三红一创"红色经典类作品，如《创业史》和《林海雪原》，尽管力避褒扬，发现学生很少读这类书，讲也白讲。我仍然承认《创业史》的现代的、诗性的写法在当代长篇小说中，达到了高点。可惜，其所宣传的合作化道路，没有经受住历史的筛选。我们系主任检查学生笔记，看到我的观点，还找我谈了话。大意是，我有自由化倾向。我把靳凡的《公开的情书》、礼平的《晚霞消失的时候》放在"文革"后期的小说中讲，前者突出它传达的科学信息，后者指出当时的年轻人何以会在宗教中寻找精神寄托。

新时期小说前期，我最感兴趣的是表现伦理问题的作品，如张洁的《爱，是不能忘记的》、张弦的《未亡人》、叶芝蓁《我们正年轻》等。《爱，是不能忘记的》曾引起广泛讨论，争论的焦点是：男女主人公的爱情是否合乎道德。在这场争论中，有两种不同观点。一是批评家曾镇南的观点，他说："正如几千年的人类历史并不是罪恶和谬误的堆积一样，几千年的婚姻史也不是无爱结合的堆积。大可不必把老百姓的婚姻生活看得那么昏暗，似乎多数人都是庸俗者，只有少数爱情理想主义者能享受到真正的爱情。"有个作家叫温小珏，她说："《爱》写的不是理想（爱情）与现实（婚姻）的矛盾，而是理想与理想（道义、责任）之间的矛盾。两种同属于理想又合乎伦理的感情不能并存。从这个意义上说钟雨与老干部的痛苦，是一种较为永恒的痛苦。张洁写出了具有很高感情规范和道德力量的美好的人。"这两方面的评论都有意思。观点有分歧，才有讨论的空间。我摆出这两种观点，让学生们讨论。

王安忆的《金灿灿的落叶》说的是男女知青相恋、结婚、生子。当两人只有一个上大学的名额时，女方主动让给了男方，自己承担起生活的责任。男方上学后以共同语言越来越少为由，移情别恋，与妻子分手。这篇小说在王安忆的作品中并不为人注意，好像落入了"陈世美"的旧套。但我认同她借女主人公的想法做出的生活反省："每一个人都有一份人生、一份责任，她不应该代替他尽责任，也不应该让他代替自己去贡献。现代婚姻以互爱为前提，各自都必须为对方承担义务，尽到责任。只有单方面的牺牲，而不让对方履行应尽的义务，这样的爱情不平等，也不牢靠。知识妇女要想在社会、家庭中求得自己的位置，首先要自己肯定自己。"王安忆这篇小说的新意在于，她在人们已经熟悉的生活故事中，并没有指责负心的男方，而把批评给了思想还活在传统中的女性。

这篇小说的寓意，说到了我的心里。因为我当时又要当老师，又要当母亲，还要承担主要的家庭劳务，心情很不好。男性知识分子可以心里只有他的"事业"，别的都装不进去，而知识女性除了业务一点不比男性压力小外，在家庭事务方面要操的心更多。当丈夫的，往往认识不到生活肌理中的矛盾，我和很多知识女性交流，几乎家家如此。女性知识分子如果想在业务上不落后，家庭又能稳定，只能忍受加倍的体力与精神的劳役。带着这样的心理给学生讲课，我哪能没有情绪？说到深处，不能自拔。当然，学生并没有这等生活体验，他们也许不明白老师为什么这么激动。但老师的情感、精神状态一定会感染他们，起码课堂效果不错。

关涉人的解放、人的平等自由、人的幸福价值追求，本是五四时代的启蒙内容，今天却仍然值得重视，说明中国人的传统包袱多么深重，文学仍继承着世纪初的启蒙责任。北师大教授赵勇读本科时是我的学生，后来在他的书里说我讲当代文学课，"常常能化腐朽为神奇，让神奇更神圣"。

我的当代文学课在一段时间里与新时期的文学基本同步。无论小说、诗歌、戏剧，每出来一部轰动的作品，师生都会共同沉浸在阅读的兴奋之中，课上课下有着共同的话题，即便争论起来，也是那么平等、亲切，有兴致。记得赵勇曾写过一篇评论《黑骏马》的作业，我感觉他有自己独到的见解，建议他给报刊投稿，果然命中。他觉得发表文章并不神秘，还能体会到有创见的可贵。他后来对我说，这次投稿决定了他一生的取向。

十六年的当代文学教学，除专业课，我也开过"文化人类学""电影基础"等选修课。

我教的当代文学给学生留下了较深的印象。我听到一个说法：喜欢听梁归智老师的明清小说和邢小群老师的当代文学。应该说，我这十几年的精神状态是最亢奋的，自我感觉也不错。

查建英撰写的《八十年代访谈录》，让很多那个年代文化界风云人物讲述着他们的感受和作为。我与他们是同龄人，沐浴着同时代的风雨，也迈开了兴奋而急匆匆的脚步。

我是工农兵学员，于20世纪80年代初登上讲台。那个年代是个气象万千的年代。当时文学界处在思想解放的前沿，有时比政治、哲学、经济等学科还敏锐、活跃。改革开放之初，不能说作家们对时代有多少超越性认识，起码对已经过去的一段历史产生了怀疑，提出了问题。那时社会人文各学科，如政治、法律、经济，挣脱旧的桎梏不容易；心理学、社会学等早被取缔的学科，恢复还要有一个过程；作家和记者率先向禁区发起了挑战。文学在思想解放的进程中屡屡破冰，对许多既有的价值观提出质疑，这给我的当代文学课带来了新鲜空气和旋风式的推动力。那时，我在讲台上努力挣脱着历史的、政治的、文化的种种禁锢，总希望比别人大胆一些，讲出作品的新意所在。

20世纪80年代，阅读"走向未来丛书""面向世界丛书"以及涌进的各种西方文化思潮，是我们精神世界彻底被颠覆的过程。那是我们自己掏腰包买书最多的一段时期，我的西方现代哲学就是这个时期恶补的。这时，我和丁东都开始尝试写小文章给报刊投稿。他给《太原日报》和《太原晚报》写的豆腐块文章较多；我呢，最早是给山西一本《电影介绍》写电影小评论。一篇稿费能拿到几元钱，丁东说可以买一只扒鸡改善改善生活，还可以买一两本书，收获不少。那时，一本三十万字的书才一元多。此后，我还写了一些文学评论文章，步入了文学批评的轨道。

1991年至1992年，我到北京大学中文系谢冕教授那里做了一学年访问学者。儿子这时作为知青子女已经回到北京上中学，我的婆婆感到自己没有能力关照孙子上学和一些生活问题，而我在北京的一年开阔了精神视野，访问学者结束后，几方面原因，让我决定办停薪留职到北京工作。离开山西大学的时候，我已经对继续当大学老师产生动摇。心说，这一辈子难道不能再做点别的？当然，到北京有可能一直找不到铁饭碗。那时的我，对回到北京已义无反顾。这一年我刚过四十岁，还有着人生的冲动。

1993年，我到了北京。丁东与山西省社会科学院部门领导雷忠勤商量：因母亲年迈，儿子还小，他得到北京照顾家人。社科院平时不坐班，不得不开的会，丁东到场，其余时间在北京。老雷欣然同意。有些事，不是必须让丁东回到院里露面，他就帮助应付了。得雷忠勤的关照，丁东从1993年秋天开始"流浪北京"，延续了四五年，逐渐在北京文坛打开了一些局面。

1997年底，丁东见到山西省社会科学院新任院长，提出想根据工龄三十年以上可以办理退休的相关规定，申请1998年1月办理退休。丁东是1968年12月下乡插队，这时正好满三十年。院长同意，他立即办了退休。这样一来，他在北京居住就名正言顺了。不知道为什么，这个口子刚开，就合上了。其他人也想提前退休，就没办成。雷忠勤和社科院领导班子里一些同情丁东的人，提出给丁东在退休时兑现副研究员工资待遇，但手续没办下来，丁东只好以中级职称工资退休，到现在退休金才四千元。

进京做编辑

1993年初，我到北京后，在中国作家协会下属文学基金会主办的《环球企业家》当编辑。

《环球企业家》定位为文学与企业界的桥梁，希望企业界能给日益萎缩的文学期刊与著作出版输血；与此同时，文学界也可以帮助企业宣传他们的创业之路和企业家风范。杂志社社长、主编、编辑，都是文学界的人。能进这个杂志也不容易，一来，这个杂志初办，需要编辑；二来，我请认识的前辈为我说了话。最初是唐达成先生推荐我来这个杂志的，但这时唐先生已经从中国作家协会党组书记的位上退了下来，他的推荐一直得不到回应。后来，我找到时任中国作家协会党组书记马烽的夫人段杏绵阿姨，她与我的父母是老相识。她给基金会负责人张锲打了电话，很快我就接到通知，可以上任。

《环球企业家》的总编辑是文学评论家冯立三，他让我管经济理论栏目，采访经济学家。我于经济学方面一头雾水，连基本的概念都不懂，也许因为我写过一些比较理性的文章，有逻辑理念，才给我派了这个角色。我的第一篇文章是电话采访从台湾归来的吴敬琏。写好初稿，发给吴先生，请他修正。经允许，我再到他家取纸质修改稿，他的改动并不大。也许第一次印象还可以，后来我为写顾准请求采访他时，他一口答应。除了吴敬琏，我还采访过林子力、周叔莲、厉以宁、萧灼基、晓亮、董辅礽、方生、冯兰瑞等，他们在经济体制改革之初起到过重要作用，是经济学界的中坚。我也采访过不少风头正健的中青年经济学者，如刘伟、樊纲、贾康、孙祁祥、胡鞍钢等。20世纪90年代初，中国经济正处于转轨期，经济学界大声呼吁：一是所有制走向开放，允许混合制、股份制、民营私企等合法存在；二是给国有企业松绑，实行厂长经理负责制，产权与经营权关系明晰；三是建立真正的市场经济体系。因为当时处在双轨制中，保守势力很强大，讨论也非常热闹。在经济学界，一些专家在某个方面有执着坚持，就会成为一种现象，比如对吴敬琏有"吴市场"的说法，对厉以宁有"厉股份"的说法，对曹思源有"曹破产"的说法。我对他们都作过采访，后来与朋友俞景华的采访合编为一本书：《专家视野中的中国经济》。

搞经济学家采访，让我对当时中国经济改革现状有了较宏观的看法，特别是对应该开启的政治体制改革，有了一种初步的认知：在经济领域，政府到底是个什么角色，应该起到什么作用？如果政治体制滞后，即便经济发展了，又会产生怎样的后果？后来，我参与采访中国改革开放三十年的口述历史，我对那段历史并不陌生，因为有很感性的观察和了解。

《环球企业家》杂志的另一个重头栏目是企业家专访，担子压在贺平身上。我与贺平一直非常要好,当我初来乍到,其他人对于一个陌生人冷眼旁观、淡然无语时,贺平悄悄对我说:"你别担心,大家都不懂,慢慢来。"她让我一颗孤独无助的心,得到了温暖和安慰。贺平本来写散文很有天赋,她如果能继续写下去就好了,她已在哈尔滨作协停薪留职,漂在北京,孩子也接到北京上幼儿园,处境还不如我。我可以挤住在婆家,她在北京既无户口,又无房子,只能靠多写稿、多拉广告,求得生存。那是一个职业动荡、寻找出路的时期,很多人在这时发生了人生的转折。

杂志社对我的组稿能力和文笔还认可,我一路走来较顺利。基金会指定我写的一篇长长的通讯,整版刊登在上海的《文学报》上。但是,基金会的性质是体外循环,有几个体制内的人都是作协的人,他们明确表示没有能力把我从外省调入北京,作协也不可能给基金会正式编制,那时,我就开始担心以后的养老问题了。

《环球企业家》后因经营问题,重新找投资方,我就离开了《环球企业家》杂志,到《华人文化世界》杂志当编辑,兼《百年潮》杂志编辑。反正都是打工性质。在这期间,我开始寻找正式的接收单位。基金会副总干事郑仲兵先生知道了我的心思,帮助我联系了中国青年政治学院。郑仲兵先生认识中青院副院长张来武,也赶上中青院尚有教师的缺口,我已经在山西大学解决了副教授职称,经过试讲,中青院同意调入我。从1998年1月起我以借调方式来到中青院。

直到1998年下半年，丁东在山西省社会科学院已办了退休，按知青政策将我的户口随迁北京，我才办了正式调动手续。我结束了从1993年开始的停薪留职，人事关系重新从山西大学开出，调到中国青年政治学院。教龄也接上了。

重返讲台

我离开大学讲台大约五年，到1998年1月，又进入中国青年政治学院教书。该学院的前身是中央团校，1980年代中期才办起大学本科。因为得提前招生之利，生源甚好，每年都能招到各地一些高分学生；也因为该校以往的分配面向中直机关，地方上有些学生分数可以上北大、清华，可家长却看上了这个学院，为的是毕业后能走上仕途。

重回校园，我很长时间不适应。校园氛围完全变了，追求真理、探索学术的气氛已经相当稀薄，实用理性取代了价值理性。当权力和金钱成为学生和家长的期望目标时，人文学科存在的意义成了疑问。

刚到中青院，还没有中文系，我分配在文化基础部，上全校的公共课——大学语文和基础写作。在一些学生的眼里，我成了堂·吉诃德式的人物。有一次我将王小波的《一只特立独行的猪》拿到课堂上讨论。一个学生说："我知道王小波这篇文章的意思，他想说人在社会中受到的限制越少越好，那些总想设置别人生活的人应该少一些。其实，不受限制是根本不可能的，他说这些没有用。最近我读了戴煌的《九死一生》，戴煌的倒霉是他自找的，他不说那些话，不提那些意见，也不会有那样的下场。"说这话的学生不满二十岁，戴煌算是他祖父辈的人，王小波也算是他父辈的人。上两代人的生活，给他们留下的竟是这样的经验和教训。我一时无言以对。

戴煌先生抗战时参加新四军，二十多岁已是新华社战地记者，老革命，1949年以后被送去学外语，进一步深造，后成为新华社驻越南的首席记者，胡志明的朋友。放到今天，真让年轻人羡慕死了。1957年，他直言批评神化与特权，被打成"右派"，在北大荒劳改九死一生。我对他有过深入的采访，从个人得失看，戴煌因言获罪，险些丢了性命，的确倒霉；但从整个民族利益讲，如果大家都明哲保身，与王小波说的"大多数的猪"有什么区别？人类社会，从来就是先有人说出被视为大逆不道的真话，以后人们才把这些真话视为常识。我们今天公开谈论这些常识的权利，正是前人用血的代价换来的。我不能要求青年人都有当年的戴煌那样的人生追求，但是应当对他那种人生追求保持应有的敬意。如果人人都把混世当作最佳的人生选择，在人类文明的发展中，我们可能永远滞留在中世纪。

我没有责怪这位学生。我想，他之所以产生这样的想法，或是因为现实生活中，不说真话比说出来实惠得多，或许他的生活确实给了他这样的教育。

20世纪80年代是学生嫌老师保守，现在是学生嫌老师激进。想起来恍若隔世。

大约在2003年，我院在文化基础部的基础上组建了中文系。因为基础部的教师多数是中文系毕业的，趁着扩招之风，有了中文系，有了自己的学生。过去，文学系是青年人实现文学梦想的摇篮，而现在，我所在的中文系，新生很少是第一志愿，多是从其他专业调剂而来。自然，文学系远不如经济、法律、新闻、外语系实用喽！我想重温20世纪80年代的旧梦，却有了巨大的错位感。

朦胧诗在七〇后、八〇后一代大学生心中已成为古董，理想主义的价值追求，在他们看来已经不需要了。他们不想成为"一千零一名"的挑战者，也不必在"你别无选择"的新潮中发现个性、伸张自我。这个社会已经给了他们充分展示"个性"与"自我"的空间，他们更愿意在张小娴的书里，寻找到精神文化的消遣。而对于九〇后的学生，金庸也进了发黄的故纸堆。总之，文学课难以再现1980年代那种师生的共鸣。

夏中义教授牵头编辑了一套《大学人文读本》。在此基础上，我在任教的大学开了一门选修课"大学人文"，立足于公民常识的传播。当学生明白了这门课的真正内涵后，选修的越来越多，让我着实高兴了一番。学生在作业中反馈："大学人文这门课，犹如推开了一扇从未推开过的窗户，使我呼吸到了一股从未呼吸过的空气，感触很多。让我体会到民主自由才是公民生活安宁和谐的起点。这是一条很长的路，也许要几代人的努力，但如果需要，我愿意随时为中国的民主自由奉献自己的青春。"有同学说："老师说'要活得明白'，使我们开始审视原来认为天经地义的一些东西。这门课使我们摆脱了狭隘的民族主义，用更广阔的视野看待世界、看待其他地区和民族文化。"还有人说："这门课教会了我要有自己的思想，要用自己的眼光看世界，不轻易否定，不盲目跟从。中国现在的大学教育不能算是精英教育，它的门槛儿在降低，它更需要一种人文的滋养，去抵消功利世俗与竞争带来的负面影响。"

两三年后，听课的人越来越少了。本来这是一门最接近社会关怀的课，但是就业的压力，让学生宁愿先解决生计，再考虑如何做一个公民。尽管知道很多学生是为学分而来，我还是为班上仅有的几个非常专注的学生认真备课。我觉得即使每年有几个学生变得明白起来，也是我的教学收获。

当然，作为大学老师，我还是要尽职尽责。我写过一篇小文，讲述了我和一些学生的关系：

我的少数民族学生

我的教师生涯最后一程，是在中国青年政治学院中文系。学校规模不大，但面向全国招生，每一届都会招来一些少数民族学生。虽是本科教育，我系实行新生导师制，答疑解惑，减轻学子们在次次重要人生转折时的种种茫然与无措。每年在我名下的学生少则四五个，多则八九个，其中总有一两个少数民族学生。这些藏族、苗族、朝鲜族、回族等学生出生地远离汉语言文化中心，或许在学业上不具优势，但他们在做人方面，却给我留下较深的印象。

有一年，我辅导过的九个学生，四人分别考上北大、政法、北外和中央民院的研究生，一人被《解放军报》录用，一人在北京郊区当"村官"，一人在北京找到工作，一人准备明年继续考研，只有藏族学生彭静源回到家乡青海。这本不是他的期望。彭静源的藏族名字"仁青加"，是他小时候当地活佛给起的，从小在汉语学校读书，汉文名字就一直用到了现在。他容貌肤色与内地青年无异，或许更为俊秀，当年是青海省黄南藏族自治州文科第一名，也是青海南部藏族地区唯一考入北京的学生。他在大学，除了外语弱一些，其他各门功课均为优良。毕业一年前，他一方面考公务员，一方面投递档案找工作。考国家公务员，差0.3分没有过线；应聘时，因藏区发生过风波，原来同意面试的，也找理由回绝了。他的境遇，让我内心很是酸楚。

其实彭静源的人品非常好。入学不久，一个同学的学生证被校外人员捡到并勒索要钱。彭静源挺身而出，摆出一副是来硬的还是来软的架势，也不知道侠肝义胆的他又说了些什么，总之，成功为同学讨回了证件。学校组织学生给西部的一所希望小学捐献书本文具，他索性将刚刚买了不久的电脑捐上，到他上网查资料、写作业、做论文时只好去学校网络信息中心，以使用一小时多少钱的方式去付费。一年级时，我带他们游北京胡同，他一定要拿走老师手里的背包，让我感叹他的心细和热忱。以后，只要和老师走在一起，不接过老师手里的东西就不自在,哪怕是一只水杯。他不在乎被同学看见会说什么,好像某种贪图的想法,不会从他单纯的脑子里生出。他和一位来自西藏牧区的同学同住一室,有一次,仅仅言语冲突,被那个同学用啤酒瓶打破了头,缝合了伤口后他对我说,老师:请不要批评他,这是我们的事。让我看到了男子汉间的理解和担当。小彭的父母是藏族人,母亲是中学老师,父亲是电力公司的职工,贫困地区收入低,要供两个孩子上学很不容易。小彭是靠他在果洛教育局工作的舅舅帮助才完成了大学学业。他对我说,大学毕业后,弟弟上高中的学费就靠他了。我曾经把自己在学校的饭卡放在他那里,我说:咱们一起用,我不在校内住,花不完,你用吧。他没有客气,拿了去。暑假归来,他却给我背来一幅一米左右手绘堆锦缎镶边的卷轴唐卡,让我震惊得不知说什么好。

苗族女生张苇,个子小小的,声音沙沙的甜,是生养她的湘西苗乡村里有史以来第一个考到北京的学生。乡亲们说她是大山里飞出的金凤凰。我对张苇说,以你的性格和亲和力,适合在小学当老师。她说,我喜欢小孩子,我喜欢当老师,哪怕到幼儿园也行。我就和清华附小校长、特级教师窦桂梅联系,让张苇到清华附小实习。她回来说:"窦老师对我很好,辅导我设计课程,鼓励我上课试讲。才知道,当小学老师有多么不容易,从儿童心理学到新型教学法,我该学的东西太多了。"张苇没有某些大学生对学历的自恃。在校四年中，她利用假期做家教，仅回过一次家，回来时，给我提来了一只足有十几斤重的苗家人腌制的火腿。我想，她从山里步行出来、上汽车、坐火车多么辛苦，太不惜力了。这种诚意，我得收下，如同接过她亲手绣的彩色鞋垫。我也精心为她选择了一件学生味很足的套裙，上我的课，她特意穿上了。小张大学毕业后，先在北京郊区当了三年"村官"，然后考到北京郊区的一所小学，如愿以偿当了小学老师。开始，因为是最年轻的教师，别人不想上的课都给她，一星期二十多节课，包括自然、地理、科学常识，还兼做少先队辅导员。我为她担心，她却兴致勃勃，从不抱怨，因为做了自己想做的事。她与同班的一个来自内蒙古的同学结了婚，结婚之前，怀孕以后，都曾到我家来坐坐，仿佛有一种家的依恋，可她在北京艰难打拼，我能给予她的帮助却很少。

朝鲜族学生赵美玉，刚来时很羞涩，汉语也说得吃力。她说，在延边，老师用朝语讲课。刚入大学时，政治理论课听不懂，不会记；英语也跟不上，每两周一次的见面会，她总是愁容满面。我对她说，只要你愿意学，老师们不会让你挂红灯。学校招你们来，对你们就要负责。我校外语课教师知道少数民族地区外语师资有限，常给他们另外补习，并允许补考。美玉顺利地毕了业，回到延边她的家乡。教师节、新年常有贺卡寄我。

来自拉萨的曲英，毕业论文是藏民族服饰中的文化内涵。我从一次作业中看到了她的文化优势，鼓励她早些下手在亲友中展开调研,到家乡查阅相关资料,为自己的毕业论文做准备。她信心满满,放假回家就做这一件事。结果,她的论文丝毫没有从网上宕文献拼凑的痕迹。其独特立意和亲切解说,令其脱颖而出。她要回到父母身边,赴拉萨考公务员。笔试、面试顺利通过后最先打电话给我,电话中,欢快的声音让人陶醉。

回族学生小何,来自西北甘肃。闲话中他对我说,人们对伊斯兰教义有误解。他看了张承志的《心灵史》后,有自我表达的愿望。我希望他假期回家和长辈们聊聊,也查阅一下清末年间的"回乱"资料,最好对一个问题从不同时代多视角地去看。他担心,写出来不像本专业的论文。我说,文学里的世界就是人生,与社会问题结合得好,就是有意义的选题。毕业论文答辩时,成绩未卜,他却一再感谢指导老师。他的论文获得了学校本年度毕业论文优秀奖。

这些少数民族学生,比汉族孩子,特别是独生子女更淳朴,更仁义,滴水之恩,恨不能涌泉相报。如同他们家乡的蓝天白云没有受过大都市雾霾的浸染。

教授末班车

回到高校教书，就不能不考虑职称问题。但我的正高职称，却延迟了十几年才得到解决。

1999年，我到中青院的第二年，副高职称已五年，这意味着我有了申请正高的资格。这一年，我已经出版了一本书，出版社还放着一本排好版的书，还有十几篇论文，我所在的部门主任劝我申报正高。我知道通常的申报第一次往往通不过，因为上边给的指标总是很有限，等待这个指标的人很多。但主任说，从现在起你就得报，评不上也要在评委们面前混个脸熟。另外，评职称还得有及格的外语分数，学校给报职称的教师办了补习班，这一年，外语是在本校内考，成绩两年有效。我用了约一个月的业余时间复习外语，算考及格了，因为学校出题前有复习范围，不是很难。

这一年，不出所料，我没有评上，我所在的文化基础部只给了一个名额。一位1986年就来到中青院，资历、教学、科研都合格的教师评上了。我刚来学校不久，尚无人缘，再说，外语成绩转年还可用，我并没有放在心上。

到第二年申报正高时，学校提出，去年的外语考试不算数了，以后都要参加北京市职称外语统一考试。无奈，我又报了名，到统考地点交了七百元的补习费。这年，我已四十七岁，白天精力集中地上课或备课，晚上再去听课，总是犯困，头天记住的单词，第二天就忘了。这样，除了上课，我的其余时间都要用到外语上，要用一年的时间备战下一轮外语统考。我就想，如果我用相同的时间，看书写文章，收获又怎样呢？外语对于我，连工具都当不了，而写一些自己想写的文章，才有自我实现的感觉。思考了几天，我决定放弃外语统考。这个决定也意味着要放弃评正高职称。

就这样，我从此根本不过问职称评定，准备副高职称到退休了。之后的五六年中，我又出了两本书。当然，职称的烦恼也常常袭来。参加各种社会活动，一介绍我的身份，总是副教授；出去开专业领域的会，我的住宿和排座，还不如比我年龄小许多的教师，仅仅因为我是副高，他们已是正高。每当这时，我自我安慰：这是你自己的选择，不必在意，但心里的确很不舒服。因此，五十岁以后，我不再去开专业领域的各类会，并萌生了早点退休的打算。

一届一届的学生，越来越不爱读书。文学经典，在他们看来早已过时，看不进去；很多指定的书目，也基本不看。多数人上大学前，长篇小说只看过《平凡的世界》。如果有些同学听了课主动去找书来看，已经算不错了。况且，学校的课程安排，也不给学生留下多少自己阅读的时间。这样一来，老师讲起专业课来，很费力。我甚至和同学们说，读什么书，可以随着兴趣爱好走，但要注重大学这个阶段综合素质的提高。

那时，学生们无论处在当下还是面对未来，都非常迷茫。面对那些茫然的面孔，当老师的如何提得起精神？因此，提前退休的念头一直追随着我。我们学校副高级职称女教师可在六十岁退休，比起北京有些院校还算宽松。当我和朋友、家人提出想五十五岁退休时，大家都不同意。理由是：第一，现在的学生学习状态普遍这样，何必那么在意；第二，高校工资，每两年自然提一级，你提前退，以后退休工资的基数会比较低。学者雷颐有一次专门打电话，劝我不要着急退休，要坚守自己那块公民教育阵地。于是，我总在纠结中开课。我不能像某些同事那么热爱教育事业，那么愿意与青年人在一起，也不像有些人那么怕退休，更不想退休后返聘。因为，离开学校，我还能做一些想做的事。

不能提前退休，就不能不把职称当回事。2005年，我听说，对五十岁以上的教师有了免考外语的政策。上网一查，国家人事部确实有通知，让各省可根据专业人才的特殊情况自行决定外语考试的问题。结果，很多省陆续实行了五十岁以上的专业人员评职称可免考外语的政策。我就给我们学校写了一个可否免考外语的报告。这个报告，从送上去到有结果，有一年多时间。有关解释是，团中央要结合各个部门的情况综合考虑，如果这边开了头，不好办。当团中央的允许文件下来时，已经是2007年了，我就申报了2008年的高级职称。学校高级职称评定的硬指标是科研工作量，就是把你每年写的研究文章按国家级期刊、核心期刊、普通期刊的等级，计算出每一篇的分数。比如，核心期刊一篇文章五十分，普通期刊十五分，国家级的可以达到一百分、二百分、五百分不等。专著也如法计算。到评职称时，从你任现职时起所有文章累计加起来共多少分，就是此次评职称的一个重要指标。其他，如每年的课时工作量、学生给老师的课堂打分成绩都在参考之内。

截至2008年，我的科研工作量是四千多分，排在正高申请人最前列，其他成绩也都在优良之间。但是，这一年我还是没有评上，评上了一位科研工作量九百多分的教师。没有人告诉我原因，只听说这位老师已经申请了两三次了，轮也该轮上她了，况且，她还评上过优秀教师。我心里也很同情她——自己此次申报不是才开始吗？怎么也得磨你几圈。中青院扩招好几年了，教师增加了好几百人，可职称指标总是像挤牙膏一样，有时，每年仅一两个，让无数优秀教师看不到前景和希望。

我在2010年评上了正高，这时离我退休就剩两年了。

有时真是感慨，我自认有一点创见的论文，发在普通杂志上，分值会较低；有些很普通的文章，因发在所谓核心期刊上，分值就较高。学术价值应该怎么界定？由谁来界定才算合理？

笔墨人生

访问学者

说到后来的文字工作,前面还有个序曲可以讲一讲。

1991年至1992年,我到北京大学中文系谢冕教授那里做访问学者。谢老师是著名的诗歌评论家,当我还是小学生时,就在家里的《诗刊》杂志上见到过谢冕这个名字。令人敬佩的是,乍暖还寒的年代,他率先著文声援被围剿的"朦胧诗",与孙绍振、徐敬亚的文章并称"三个崛起",至今读来仍觉掷地有声。

谢冕是我一直想投师求教的北大教授。1991年,我终于获得谢老师首肯,来到北大做一年访问学者。每年想到他那儿去访问的人很多,那时北大有约定,无论博士还是访问学者,事先需经导师认可,才能招至他的名下。我刚到北大,去拜望谢老师时,他说:"邢小群,怎么有那么多人为你说话?"我心中窃喜。因为当访问学者,不需要考试,一方面向申报学校填写自己的研究文章,一方面需要指导老师的同意,这中间,自然有不少人情因素。比如,文学批评家孟繁华,就专门为我说过话;还有我们山西的诗人陈建祖等。陈建祖曾是北大作家班的班长，活动能力很强，与北大的老师们关系很好。他在太原日报副刊当编辑时，我和丁东都是作者。到北大进修，一直是我的一个愿望。

谢老师带博士生、访问学者的方式是以"当代文学热点研究"为题，两周开一次研讨会，又叫"批评家周末"。每次由一个学生就热点现象产生的原因、背景主讲，其他人参加研讨。谢老师的一段话至今让我印象深刻，他说："我们要珍惜学校里仅有的清静，不放弃思考，交流信息，出些成果。"记得讨论的热点有"钱锺书现象""诗人海子""后现代主义在中国"等。我也做过一次专题报告"中国当代文学中性意识的变迁"。后来，我在这个报告的基础上写了一篇三万多字的论文，分三部分在三个学术刊物上发表。访问一年，看似出的成果不多，其实我在北大看了不少书，特别是围绕论题看的一些西方性学理论，了解到20世纪60年代的西方性革命，以及1990年代以来的回归。我在一个新的起点上获知，不以生育为目的的两性关系给人类生活质量带来了巨大变化，由此探讨中国当代文学原有的禁欲主义格局如何形成，如何打破，现在又被"破"到什么程度。同时，我由"性"问题引申开，又看了一些文化人类学的书，回校以后主动开了一门"文化人类学"的选修课。访问一年期满，谢老师给我写了很好的评语。

1990年代初，我的孩子作为知青子女已到北京上学。结束访问后，我决定也到北京闯一闯。

《凝望夕阳》

我在《环球企业家》杂志当编辑时做的经济学家系列专访，受到湖北作家协会《今日名流》杂志的关注，他们希望我在京城给他们采访名流。写什么好呢？想来想去，我认识的唐达成先生应当算是文化名流了。我和唐先生认识较早，1970年代，我在山西大学念书时，就到太原钢铁公司一处低矮的小房子里拜访过他。他原是《文艺报》的编辑部副主任，背负"右派"的十字架，下放到太原钢铁公司。他认识我父亲，见到我时，很亲切。1980年代中期，他成为中国作家协会党组书记，后提前退位。脱了乌纱帽，谈话就比较放松了。

唐先生说自己在中国作协领导岗位上一直充当"觉新"式的角色。他是1980年代中国文坛的重要见证人，也是1950年代文坛风雨的见证人。采访他时，我脑子里只想着如何达到《今日名流》的要求，不知该杂志水深水浅，因此一篇文章同时写了他们一家三口人。唐达成的儿子唐大年，是第六代知名导演兼编剧，当时已创作《北京杂种》等故事片。唐达成的夫人马中行是北京电影学院的教师。在写这篇文章之前，我曾与马老师有过一次通信。1993年，我在《中国作家》杂志上看到一篇马中行的小说《我要属狼》，一口气看完后，引起强烈共鸣。小说写道："渴望爱情是人类的天性，渴望事业也是人类的天性，它更是智慧人的天性。可我怎么就不知道，它们二者竟是如此矛盾，对一个女同志来说简直就得非此即彼。"用一般人的眼光看，小说中的家庭是令人羡慕的：丈夫担任要职，妻子是大学教师，儿子们上进好学，家里经常有着高雅的文学与哲学的论辩，不时还弥漫着优美的李斯特的圆舞曲。假如女主人一心拥抱着这个家庭，全身心地操持着视为己任的家务，让丈夫儿子既食人间烟火，又有超凡脱俗的体面，这个家庭或许和和睦睦、温馨常在。偏偏女主人自我意识极强，她需要读书，需要充实，需要拿出丰厚精彩的教学内容。可她又不得不任凭每天的买菜、做饭、洗涮，没完没了地吞噬着自己的时间和精力。她躁动，她不安，她甚至歇斯底里地号啕，为自己看不到希望，为永远摆不脱"乏味"的"使人愚钝"的家务劳动而痛苦。这位女主人认为："它夺去的绝不仅是我的时间，而是我的素质，我的智慧和气度。"它们在"糟蹋我的生命"。

我惊叹，作者的感受几乎涵盖了我的日常所思所想，即便是女主人发泄的方式，也同我惊人地相似。我快慰，我听到了知音，听到了我们本该有的呐喊。我认为，很多知识妇女的痛苦，不是没有爱，不是没有人伦的温情，而是为这爱，为这温情所付出的牺牲太大了。我想，任何一个不甘心成为家庭殉道者的女性，都会有马中行小说中女主人公的感受。当时，我激动得不能自已，马上提起笔给马中行写了一封信。大意是：

> 我原以为随着唐老师地位的变化，你们的生活时过境迁，您会处在怡然自得的满足之中，没想到您的胸中仍然滚动着进取的圣火。读您的小说如同听到狼一般的号啕。

> 我觉得，人生就是女人的陷阱，特别是对知识妇女。这不仅是指人们所持的种种传统观念，也包含着女人的妻性和母性的构筑。尽管您的小说情绪看似都冲着不理家务和不谙世俗的丈夫和儿子而去，其实发泄的却是一种无法排解的、无边的苦恼。一般来说知识女性会比常人得到更多的平等、尊重和理解，但她们永远也摆脱不了只有她们才会有的两难处境。作为知识妇女的女主人公由妻性、母性套起的枷锁，捆缚了自己。
>
> 这些年写妇女命运的作品不少，写知识妇女抗争进取的也不少。然而，您的小说却以实实在在的琐碎生活，以及那种无法名状的困境和烦恼，表明知识女性的痛苦是永恒的，是难为人真正理解的，因而也是孤独的。
>
> 我的言论看似有些绝对，比如经济条件优越可以雇保姆，减轻生活的烦琐和压力。痛苦未必永恒。但当时普遍的物质条件达不到。

很快，我就收到马中行的回信，在信中她写道："这大概是这些年我所收到的最沉甸甸的信之一。其实我也知道这种妇女的命运是代代相传的，但是，当看到你也深陷这种泥潭难以摆脱而有'狼的号啕'时，我仍感到格外悲怆。"

读了她的信，我又一次陷入深深的惆怅。既然上帝为女人安排了这样的宿命，我们只好面对它、咀嚼它、抗争它，世世代代……

因为有了前面的这些交往，再采访便很顺利。但这篇有关唐达成一家的采访，还是写得比较浮泛。

写完唐先生，杂志社约我继续写。再找谁？又想到邵燕祥先生。1980年代中期，我曾借调到《诗刊》社工作一年，邵先生当时是副主编，有过点头之交。我之所以想写他，与其说是这点因缘，不如说是读了他的长篇回忆《沉船》后，思想受到震动。他对当代历史有深刻反省，对自己的灵魂进行了透彻的拷问。这种自我解剖的意义，不只是个人的精神升华，也为中国知识分子提供了范例。后来在一些公共场合总能见到邵燕祥先生，他温文尔雅，思想敏锐犀利。

2007年，我写完《我的父亲》一文后，第一个发给了邵先生，希望他给我把把关，因为我的文章对父亲有相当多的批评。邵燕祥先生给我的回信，既承认我写得真实，又表示了解我父亲不多，同时很同情我父亲。他说那个年代没有参与害人的人，就是好人了。他对我的观念、情感没有赞同，也没有批评，还指出了个别错字，我很感激，因为以邵先生的为人，如有不同意之处，一定会指出来。

写过邵燕祥之后，我发现他和唐达成在1957年有着共同的遭遇。对当年的遭遇他们怎么想？今天又在思考什么？此时，我正好读了意大利女记者法拉奇的《风云人物采访录》，心想，我能不能也尝试一下类似的采访呢？

最初，我并不清楚这是一道难题。我选择采访的对象大多本身就是作家、学者，是大手笔，采访稿让他们认可并不容易。

我先后采访了邵燕祥、唐达成、吴祖光、冯亦代、温济泽、萧乾、曾彦修、袁运生、梅娘、李慎之、钟沛璋、朱正、戴煌、许汉三、仇士华、蔡莲珍、薛毅、张凤珠等二十余位当年的"右派",此外,为了解已经去世的"右派"顾准的经历,还采访过不是"右派"的知情人吴敬琏、骆耕漠等。每一次采访,都是唯一的;每一种人生,都是独特的;每一次交谈,都是一次心灵的撞击。印象最深的是,他们当中的绝大多数人对中国的命运有着超乎寻常的关切,对中国的政治体制改革保持着高于常人的热望。不论他们被打成"右派"的原因如何千差万别,也不论"右派"改正后出现了怎样的分化,从总体上看,他们是政治情结十分强烈的一个特殊群体。他们的怀疑与反省较早,虽然都进入晚年,却是思想最活跃的那些人。这些采访文章陆续发表,后结集为《凝望夕阳》一书,在青岛出版社出版。

《丁玲和文学研究所的兴衰》

1990年代中期,我到创刊不久的《百年潮》杂志当了两年兼职编辑,和郑惠、杨天石、杨奎松、韩刚、徐庆全等史学工作者共事,无形中对我的学科意识和表达方式产生了影响。虽然有文史不分家的说法,但史学和文学的价值取向是不同的。文学注重的是审美,是感觉;史学注重的是史实,是实证。当文学创作与公共领域渐行渐远的时候,作为保存记忆、恢复真相的史学,却大步走在了时代精神的前沿。我开始做人物专访时,近似新闻报道,还想带点文学的意味,编辑史学刊物使我意识到史学的力量：采访运用口述史学的方式，挖掘和呈现历史当事人原汁原味的记忆，本身就有重要的文化意义。

1998年，我又回到大学教书，虽然专业还是当代文学，但切入学术研究的方式已经从美学转向了史学。谢泳建议我：丁玲创办文学研究所至今还没有人系统研究，你可以来做。我觉得是个好课题。因为我父亲当年既参与了文学研究所的创办，也是研究所第一期的学员。他的老同学、老同事不少人还健在，可以给我的采访带来便利。

我先后采访了十几位文学研究所的老人，以口述历史为基础，参考其他文献，复原丁玲主办中央文学研究所的全过程，探讨它的兴衰与共和国文学体制形成的关系，写成了《丁玲与文学研究所的兴衰》一书。我的研究重心从文本转向人本，从作品转向了文学体制。书出来后，谢泳率先做了推荐和评论。他说："邢小群关注的不是一个作家而是一种制度，是一种制度如何形成对作家的制约。她选择的角度是中央文学研究所，这个角度是以往研究中国现代文学所忽视的。"谢泳是20世纪90年代就相识的老朋友，他同丁东很谈得来，丁东做事，喜欢相邀合作者，似乎总有合作者，时间比较长的是谢泳。他们相识、合作已经有二十年了，共同的长处是：为人随和，做事认真，讲原则，讲效率，大处着眼，小处忽略不计；他们彼此理解，理解越多，误解就越少；认同大方向，却也不是没有分歧。而后李新宇、王彬彬、傅书华等研究当代文学的教授同行都对我这本书作了中肯的评介。这是我以口述史为基本素材写的书。丁东说，研究当代文学史，我这本书研究的问题是绕不过去的。

《才子郭沫若》

1998年，丁东编辑的《反思郭沫若》一书，在作家出版社出版。有出版社看到此书，想约他写郭沫若画传。当时，《反思郭沫若》一书经历了一段风波，丁东得知此书不允许加印时，觉得再承担传记写作会给出版者造成难题，于是建议由我来承担撰稿。我在学校讲现代文学时，有一节要讲到郭沫若的《女神》，我对他抗战时期的剧作也比较了解；讲当代文学时，又专门批评了他的"大跃进"诗歌。我决定将这本画传的立意放在讨论郭沫若人格变化的轨迹和原因上。这部书稿参考《反思郭沫若》中一些学者的研究成果，形成了一部散点透视郭沫若生平的简要评传。

书稿完成后，约稿的出版社打了退堂鼓。后辗转多家出版社，2005年才由同心出版社以"文坛三剑客丛书"为题，将我的《才子郭沫若》与谢泳的《血色闻一多》、韩石山的《悲情徐志摩》一同出版。后来，台湾地区出了繁体版，2013年陕西人民出版社又以《郭沫若的三十个细节》为名再版。这是我的第二本专著，在这本书稿徘徊期间，我想用此作为申报职称的成果，曾将校样送给清华大学何兆武教授审阅。何先生此前曾看过我的《凝望夕阳》，表示很喜欢，对我鼓励有加。何先生看过《才子郭沫若》的书稿后，欣然写下如下的话：

>这本书是一部郭沫若的评传。郭沫若在当代文学史和文化史上的地位当属于超级巨人行列，继鲁迅之后一人而已。有关郭沫若的评传，无论是专著还是单篇文章，多年来已为数甚多。本书既能钩玄提要地刻画出一代文化巨人兼政治活动家的一生事迹、功业和思想面貌，又能实事求是，要言不烦，足见作者的史学与史才。本书不仅是缕述史实而已，且始终贯穿着深刻洞见与论断。能不为贤者讳，不失公正与客观，足见作者的史德与史识。在诸多有关郭氏的论著中，这本书是我看到的最可读的一种，当可成为传世之作。

何先生是研究思想史的大家，他的评语对我是很大的提携。

《经典悸动》

2013年，北岳文艺出版社为我出了一个随笔小册子《经典悸动》，大约能反映我平日里的小文章写作。这是我的第一本随笔集。

2010年春，《名作欣赏》主编续小强先生到北京组稿，在我们家聊起杂志搞些什么专栏好，聊着聊着，就谈到一些经典作品问世前后的逸闻，他问我能否为此开个专栏？丁东鼓动我接下来。

我从事中国当代文学教学三十多年了，对这个领域的名作也算如数家珍，但如何撰写专栏却颇为踌躇。中国当代文学作品都是白话文，字面意思很好懂，说到欣赏，专业工作者比一般读者并无优势，勉强生发微言大义，往往留下故弄玄虚的笑柄。然而，当代文学既然已经入史，就在幕后留下了探秘的空间，作品的背后，往往隐藏着很多耐人寻味的故事。于是，我提出，从个案入手，着眼于当代作品的问世、作家成名前后的风风雨雨，探索文学和政治的微妙关系，呈现文学界的人情冷暖，从中思考一些历史的经验教训。

中国当代文学的历史，充满了偶然性，一些"经典"的诞生，往往与一些特殊的机缘相关。趋时之作亦可暴得大名，超前之作或会深埋地下。时来天地皆同力，运去英雄不自由。

"经典"的诞生经历，作家被大众认同的过程，有舆论导向的制约、大众文化观念的转变等各种因素存在。这些偶然的汇集，才是中国当代文学的真实面貌，从这方面挖掘，有意思的话题很多。小强接受了我的设想，并给这个专栏取名"经典悸动"。我每月撰写一篇，连续写了八篇，我不是文章快手，当时还要上课，感到很紧张。转年以后，便与小强商量，不想每期都写，以后有合适的题材，不定期奉上。没有压力，也就失去了动力，现在回想，多亏小强的催促，我才积攒起这些篇什。后来，续小强先生转任北岳文艺出版社总编辑，策划丛书，提出把专栏文章编成"经典幕后"一组文章，再配以平时写的一些随笔。我曾为一些打动过我的书籍写过书评，选出了若干，编成另一组文章"阅读悸动"。

我在大学教书，经常要为所谓的科研写专业论文，评谁谁的几部小说，论文学创作中的某种现象，等等。这种文章写起来很费力，发表也不易。因为学术刊物版面有限，论文发表与职称挂钩，论文在那里总是排着长队，所以，让我能轻松走笔的，往往是书话性的随笔。这部分篇什，多是读书有了莫名的冲动，情不自禁地想写下的感悟和思考。教学事务占据的时间太多，这样自由写来的文章很少，只能整理出有数的几篇。其实我最向往的生活，就是在这个焦灼浮躁的时代，能在夜阑人静的灯下，或在暖阳斜照的窗前，拂去心中的尘埃，沏上一杯清茶，读书、写作。于是，又有了随笔集《燕山札记》。

我与口述史

我做口述历史,抢救史料的意识真正明确起来,是从2003年开始的。

2003年,我采访了郑惠、何家栋、王元元、聂元梓和薛毅等人,除了王元元外,其他的都是七八十岁开外的老年人。这时才发现,我采访过的吴祖光、温济泽、萧乾、李慎之、唐达成、郑惠都已经相继去世了。我今天做的口述史,就是和死神的赛跑。

采访何方

何方先生是国际问题研究专家。由于专业不同,我原来没有关注过他的著作,直到2004年初,丁东从何家栋先生手里拿到四章《党史笔记》的复印稿,阅后我们共同的感受是:一个高人!党史研究被他刷新了。

这才想起,此前朋友们合撰的文集《怀念李慎之》里,就有何方先生的文章。那篇文章谈到,他与李慎之在1954年的日内瓦会议上就相识了,二十多年后在中央国际问题研究小组共事,研究苏联问题、国际形势、对外关系，后来又在中国社会科学院共事，分别创办了美国所和日本所。于是，我就产生了认识何方先生的愿望。

第一次拜访何方先生是2004年3月，何方先生既是重要外交活动的参与者，又是长期从事理论研究的学者，经历的丰富和思维的缜密，在他身上相得益彰，思想家气质和历史当事人的角色融为一体。不论对历史，对人物，对事件，对理论，他都不肯人云亦云，而是坚持独立思考。这种思考，不是简单地出于书本和概念，而是以古往今来的人类文明为参照，以丰富的人生阅历为依托。在世的学者里，当然有人比他经历过更重大的历史事件，但不一定愿意回忆；愿意回忆的，又不一定具有直面真实的勇气和洞察历史的见识。像何先生这样的老人，实在不多。于是我提出，能不能做他的口述自传？

何方的夫人宋以敏老师非常赞同这个建议，她觉得何方先生已经年过八旬，每天伏案写作，身心俱疲。如果口述自己的经历，一方面可留下具有自传性的文字与思考，一方面交谈可以使脑子得到调节和放松。何老也同意这个建议，可谓一拍即合。

于是，从2004年3月22日开始，一直到7月28日，我每周去何方先生家一次，进行采访和录音，前后谈了二十多次。

那是一段非常愉快的日子。每当上午九点，走进北京顺义万科城市花园何老家时，宋老师总是把一切准备工作都做好了，如录音机、纸和笔——为的是写下人名、地名及因何老的口音需要订正的问题。还有碧绿的龙井茶、水果、点心和丰富的午餐。室外是明媚的阳光和一眼望去的绿地与鲜花,室内是娓娓的交谈与琅琅的笑声。每到谈话这天上午,何老就婉拒了所有的电话干扰,每次谈话三个小时,自然多是何老在谈,这对已过八旬的他来说,其实并不轻松。

我做口述历史已经多年,但我毕竟是共和国成立以后出生的,何老谈到的多数当事人,以及他经历的生活环境,我都没有感性认识。但我能够比较敏感地判断传主某种经历的独特价值。直觉会告诉我,哪些事件、哪些人物、哪些细节,具有珍贵的意义。研究者面对它,是史料和证据;一般读者面对它,可以感受往昔的奥秘和韵味。何老长期从事政策研究和学术研究,长于理性反思,长于分析概括。这一特点使他的自传具有强烈的思辨性,常常能给人以醍醐灌顶的启发。但是他对某些事件的细节并不经意,在口述时,我往往不断地追问,尽可能使他的经历细化、生活化,直到追问得他再也想不出什么故事来。

我在原始记录的基础上,对过于感性的口语作了处理,对重复的内容作了归并,前后次序也有所调整,整理出一个三十万字左右的初稿。然而,何老对这份口述整理稿并不满意,主要因为:从史实的恰切性看,还需要翻阅资料,找活着的当事人核对;从逻辑的合理性看,还需要调整内容,看有些内容放在什么地方讲更合适;从思考的缜密性看,觉得口述时有些问题还来不及认真思考和整理。特别是有些敏感的话题,讲还是不讲,也需要下决心。随着时间的推移,别人的反思也在深入,他的想法就一天比一天坚定了。于是,何老决定在口述整理稿的基础上重新写一遍。这是一番不小的工程！我敬重何老对历史负责的精神。只要何老精力允许，他亲笔完成自传自有不可替代的价值。

但出书过程，有些令人不快。这本书先是由丁东和香港明报出版社主编潘耀明先生联系，后又有该出版社顾问委员刘再复的说项，尽管该出版社在样书、稿费上很苛刻，何老还是决定在明报出版社出版。当出版社发来只有"何方著"的封面后，我提出，是否应该在著作方显示我的劳动？结果，出版社在封面打上了"邢小群录音整理"字样，但版权页上什么都没有，等我再和他们交涉，书已经印出来了。后来我感觉，在书的署名上，可能也是何老的意思。他们那一代人，曾经是多半辈子给自己的首长、给什么会议起草文件，在他们的意识中，这是理所应当的。可是，时代不一样了，一项工作的性质和完成水平和以往的界定不同了。口述历史的撰写更是这样。

明报出版社在文化界有影响，因此，在这个出版社发表作品，我们学校是视为科研工作的。就因为版权页上没有我的名字，很容易让人理解成封面仅仅是一种名誉。五十多万字的著作本来有我一半的劳动。结果，学校只给我算了三千字的工作量——即我的"后记"字数。我心里当然不痛快。丁东宽慰我说："何老这本著作很有价值，能发表就是思想文化界的收获。你那点得失，就算了。"我想，也是。所以，此事不再提。以后又有一次次交谈，我总是对自己说，何老睿智、理性，宋以敏老师文雅、亲切，认识他们夫妇，真是件幸事。不论从思想上，还是从学术上，还是从为人上，我得到的教益和启发，都超过了参与何老自传写作本身。

采访灰娃

灰娃是中央工艺美术学院院长张仃的老伴。他们老两口非常关注中国的时局和思想文化界的动向。他们看过丁东的文章,很想结识这个人。恰巧我们熟识的北方工业大学外语系主任胡作群先生,曾经是灰娃的大学同学,就将我们引荐给张老和灰娃。我们去他们家聊过几次,很愉快。张仃先生耳背,多由灰娃在耳边转述,但可以看出,他很欢迎我们去做客,先后送我们几幅他老人家的篆字书法,并题款,还将"万象立胸怀"和"沧波共白头"两幅字,裱好送给我们,我们非常感动。

交谈中,我感到灰娃的经历很传奇。她十二岁去了延安;1949年前后因肺结核病差点死去,疗养多年;1955年入北京大学学习;1956年后,一个运动接着一个运动,她极不适应,精神开始恍惚,患了幻想性精神病;"文革"后,她逐渐恢复正常,写起了诗。她的诗和五四时代的新诗、1949年以后的红色诗、1980年代的朦胧诗都不一样,多表达生命的感应与灵魂的絮语。我提出给她做口述史,她欣然答应,并说,不少朋友劝她写自传,她没有时间动笔。

灰娃的家在苹果园往西几十里的林场中,是画家别墅群落中一座有着北欧风情的小楼。我一星期去一趟,一次谈三个小时。每次去,先把整理好的前一两章交给她,再谈后面的故事。访谈结束后,初稿已有七八万字,但后面几章的稿子放在她那里,大约一年多没有动静。灰娃解释说张老生病住院，让她无暇顾及。灰娃不止一次说到社科院的朋友、人民文学出版社的朋友劝她自己写传记，说她的文笔那么好，完全可以自己来写。结果她的自传《我额头青枝绿叶》先我的口述历史出来了。我还受邀参加了社科院组织的研讨会。她的自传基本用了我整理的口述框架，内容大致相同，但叙述方式上的差别还是较大的，我的口述稿虽不如她写的细节翔实，却是好读的。

2012年，我在自己的口述文集《我们曾历经沧桑》中以《传奇与美丽》为题，发表了灰娃的口述。散文家毕星星，是我们夫妇的老朋友，他看了这部文集后，来电话说很感动，还说我在"灰娃口述"一章中的口述形式有新意。他为此写了评论文章："传奇与美丽，传奇的是经历，美丽的是几十年如一日颠扑不破的天性。延安时代的理想是真实的，否则难以理解热情的献身；革命的龃龉也是真实的，否则难以理解屡屡受伤。这是我迄今看到的最为凄美的关于革命的另一种叙述。她虽然投身革命，却是在革命的风暴中瑟瑟发抖，怯生生地看着搏击的人群，小心翼翼保护自己的天性，以至于终身都是一个不合时宜、不合群属的革命未完成体。"我觉得这样的分析很有深度，就是革命秩序并没有把她塑造成一个"革命者"。他还说："邢小群在每一节加上了采写手记，也是一个创造。手记或短或长，都是不可或缺的。有时三言两语，给予理性的提醒；有时略长，是访谈的引申。它强化了叙述的现场感。"真感谢他对我为文的肯定。

采访李大同、贺延光

应朋友的邀请，我又采访了两位老知青——李大同、贺延光。李大同是《中国青年报》冰点周刊主编。"冰点"事件，曾让他风生水起，他的经历自然有看点。他很痛快地接受采访，谈得有声有色。贺延光是著名摄影家，他因摄影作品《小平你好》《面对生命》等荣获过许多新闻摄影大奖。我们的价值观念相同，谈起来也无任何障碍。

李大同插队在内蒙古锡林郭勒阿巴嘎旗。他们自己组织，寻找落户地，经历了差点冻死的生死过程，在此略过。我只说说，在采访李大同时，我曾与他探讨汉文化与草原文化的差异，他说了一些事，我感到很新奇。

当时，李大同已是分场场部会计，并带领牧民们在经济上打了翻身仗。可他一直入不了党。李大同说："一个阿巴嘎旗本地蒙古人当了我们公社书记。他很喜欢知青。他说：'大同，你怎么没有入党啊？'我说：'我父亲还没有解放。'他说：'你有你父亲的照片吗？'我说：'有，在我的蒙古包里。'他说：'哪天我过去看看。'有一天，他自己到我们蒙古包里来了。聊了聊天，他说：'把你阿爸的照片拿出来我看看。'我正好有一套父亲1955年出访苏联的照片。他就在那儿看。看完一张，再看一张，足足看了半个小时，最后对我说：'好人哪！'他仅仅凭感觉、看面相就能做出判断。他回去第二天就批准了我入党。"牧民的烟嘴多是玉石的，通常要用一匹两岁的马才能换来一块玉石嘴。有一次，李大同拿着一块自己的玉章，让牧民老乡看看成色。蒙古族老乡，接过他的玉，放在嘴里用舌头舔了又舔，用牙咬了又咬，然后说："这是块好玉。"还有一次，他看一个老牧民，用手去摸刚从火中取出的钢锉，手冒了烟，惨叫一声。李大同问："它刚从火里取出，您干吗要去摸呢？"老人说："我的孩子，你不知道，我们蒙古人不是用眼睛看东西，而是用手看东西。"李大同体会到：蒙古族是个非常感性的民族。李大同还通过老牧主做马嚼子、绊子，感到草原牧主和内地地主的不同。牧主都是劳动能手，因为他有生产资料，劳动技能他们最全。连个牲口毛都没有的，就是二流子。由此，我也觉得蒙古族贵族的生活，应该是蒙古族文明程度的体现。草原文化可能多沉淀在他们的生活方式中。

有一次，李大同到场部开会，路过一家浩特（蒙古包），连马都没下，开玩笑地对蒙古族朋友说：今晚我在你们家吃饭！结果牧场的会一直开到夜里，他黑灯瞎火地往回赶。他回来路过那家浩特时，锅上正在咕嘟咕嘟蒸着包子。本来人家的面条已经切好，正要下锅。一听李大同说要到他们家吃饭，面条不吃了，当即杀羊。切肉丁，包包子。包子包好了，一家人都不吃，等着大同来。大同一进门，就拿酒。李大同说："这时，你会感到这地方值得待。他们生怕我走了。即使后来我走不了，也不会绝望。"

1976年，贺延光是北京一个工厂革委会副主任，相当于副厂长，他和本厂工人义无反顾上天安门送花圈悼念周恩来。后来，他当选共青团中央委员。

他们俩的口述，我都编进了《我们曾历经沧桑》。

采访杨乐

对杨乐的采访，是丁东的主意。杨乐是黄万里的女婿。因为策划出版黄万里的传记，丁东认识了杨乐和夫人黄且圆。改革开放初期，杨乐非常出名，他是全国青联副主席。在1978年"科学的春天"，曾重点宣传三位数学家陈景润、杨乐和张广厚。"文革"中专业技术职称评定全停了，后中央决定恢复职称，就是从他们三个人开始。为什么是他们三个人？因为"文革"中后期，美国有一数学代表团访问中国，回去发表了一个报告，认为他们三人的数学研究成果有创新，别人的都不行。这段历史，人们只知道结果，不知道原因。陈景润和张广厚去世了，我们请杨乐先生讲述了背后的经过。有意思的文章，媒体都愿意要，这篇文章先是在《中国青年报》"冰点"周刊上发表，后编入了我的口述历史文集。

做口述历史工作，就是千方百计地挖掘历史的细节和它的本来面貌，补充历史的空白点，让它成为大历史的一部分，并与历史亲历者的真实感受合在一起，与文献互证，构成活的历史，以史为鉴，继往开来。

主持《信睿》口述史专栏

2011年9月，许洋、李楠来到我家，商议《信睿》的组稿计划。当场约定，从2012年起，由我主持一个口述史栏目，每月发表一篇，他们希望我发掘新的采访对象，通过这个栏目提升杂志的人气。这样一来，我刚一退休，又有事情干了。

许洋和李楠曾给潘石屹的地产公司主办内部刊物《SOHO小报》，他们结识了国内不少知名文化人。后来该地产公司决定停办小报，许洋和李楠带上这些人脉资源，背靠中信出版社办起了《信睿》。

口述历史既可以关注社会名流，也可以关注平民百姓，但杂志是公共平台，希望展示的内容有较高的文化历史含量，民间的家长里短，不足以吸引读者，与重大历史相关的内容，才是读者的兴趣所在。

正好，周启博先生从美国回来探亲。我们及时与他联系，请他讲述周家往事。天津周家，上溯五代，出了许多影响历史的重要人物。第一代周馥，官至两江总督、两广总督。第二代周学熙，当过袁世凯政府的财政部部长，是山东大学的创始人，也是中国近代工业的先驱。周启博的爷爷周叔弢，为周家第三代，是民族工商业的领袖，曾任全国政协副主席。周启博的父亲周一良是第四代，是著名历史学家。周启博先生的本职工作虽是工程师，对历史却有很深的研究。请他口述"周家往事"作为栏目的开场戏，可能是恰当的选择。

接着，我们又采访了黄且圆，她是黄炎培的孙女、黄万里的长女、杨乐的夫人。我们请她回忆了祖父和父亲。当时她已经身患癌症，但还是接受了我们采访，并校订了文稿。

黄炎培是中国职业教育的创始人，民盟第一任主席。他在延安窑洞和毛泽东谈"历史周期率"问题,至今被国人反复提起。2012年3月10日,这篇口述文章还没有刊出,黄且圆就与世长辞,享年七十三岁。这篇文章的发表,成为对她的纪念。

我们的邻居刘心俭先生,本人职务不算太高,也不是国家领导人的秘书或子女,但他在自己的职业生涯中,也曾参与推动了海峡两岸停止奖励飞行员驾机投奔对方。刘心俭先生曾率军事代表团赴韩国协商,让韩国不再收留驾机投台人员。在生活中经常会遇到在历史变迁中起过作用却又不被历史重视的人,他们可能仅仅提过一次建议,表达过一次意见,参与过一次行动,却为一个旧制度的终结和一个新制度的开创提供了契机。如实记录下他们的声音,是口述史学不应推卸的责任。

最近几年,国内读者对党史国史的兴趣持续升温,口述史尤其受到欢迎。个中原因,其实并不神秘。是人,都想知道我们是谁,从哪里来,到哪里去。一些既定的解释,是粗线条、单色调的,往往禁不起人们与自己的生活体验对照。于是,人们就希望得到更细致、更丰富、更贴近生活真实的历史信息。不论是回忆录、口述史,还是专题研究,只要在更细致、更丰富、更真实方面确有补益,就能得到读者的青睐。我们的心愿,就是把这样的信息奉献给读者。

主持"口述史"其实是我和丁东一块做,他的点子比较多。我们一块采访,由我整理,他再订正。

2013年,《信睿》杂志社社长许洋、总编李楠,决定为我的口述专栏出本书,取名《小谈往事》。书中加进了一篇《信睿》

2013年第一期发表的我们采访黄药眠儿子黄大地的口述史，谈黄药眠的跌宕人生。

此外，书里还加进了丁东对李锐的一段采访，这是十年前进行的，早已整理成文，但李老一直无暇审定。主要原因是李老离休后仍然十分繁忙，各地客人登门拜访，络绎不绝。他每天写日记都要利用清晨时间。他的写字台每天都有新收的信件、材料，有人请他作序，有人请他题字，有人送他新书和文章，他的案头堆积如山。他写了一辈子文章，不愿草率应对，一定要在稿子上投入心力，认真修改。终于在李老九五高龄时，完成了对口述往事的校订。

口述史的现实意义

《小谈往事》本来是我和丁东退休后共同做事的开始。不想，出版社建议只署我一个人名字，我们只能同意。如今做成一件事，总要有妥协。

我在做口述史的这些年，常有朋友委婉地说，你文笔挺好，可写点自己的东西。我知道，口述史多少有些为他人做嫁衣之嫌。整理一篇口述史，往往比自己写一篇文章难，费力不讨好，我心里也有过委屈。其实，平日里，我常有感而发，写些别的东西，如文艺评论和随笔，但我还是认为，在中国从事口述史学很有现实意义。

其一，可弥补历史记载的空白，还原历史的真相。中国的当代史，被遗忘和遮蔽的环节很多，加上档案开放程度很低，历史当事人的口述，就显得尤为珍贵。许多人年事已高，口述历史就是和死神赛跑。我约项南、谢韬口述，他们表示同意，但还没有进行，他们就与世长辞。对郑惠的采访是在医院中进行的，只谈了三次，许多重要的事情还没说，他就走了。

其二，口述史的细节比文献史更生动，更丰富。有些历史内容，如果不是在口述史中出现，而是放在历史的宏观叙述中，恐怕读者永远也不知道。这些细节的出现，将来一定会起到印证、补充历史叙述的作用。

其三，口述史侧重个案，比群体概括更接近历史真相。历史活动中的每一个人都有具体的心理动机和行为逻辑。口述史有助于恢复具体个人的真实情况，而不是把个人消化在模糊的群体之中。

其四，口述历史是不是可信？这个问题不可一概而论。它的可信程度，既取决于口述者对历史的态度，也取决于采访者对历史的态度。如果双方都有一种求真务实的治史精神，口述历史完全可以成为信史。正史未必是信史，野史未必不是信史。口述史与回忆录相比，有接近真实的可能。口述史不仅提供史料，本身也可以成为史学研究。史学的要素，不论是史述，还是史论，在口述历史中都可以体现。

另外，口述史有现场感，自然的谈论方式，使读者在专著宏论与口述史之间，更愿意看口述史，媒体也越来越愿意发表口述史作品了。

我的父亲母亲

父亲和母亲的事总是纠缠在一起，我就一块来讲。

父亲于 2004 年 8 月 16 日去世。那是一段高温的日子，他没有躲过热浪的袭击。发烧、肺部感染，退烧、消炎、降压，轮番输液，卧床两年，已经很衰弱的肾功能，无法尽职了。他死于肾衰竭。眼睁睁地看着父亲一口一口地喘着喘着，最后气若游丝地离开了这个世界。他去世前痛苦难耐的表情，总是在我眼前浮现。想起来，泪水就抑制不住。

可是，他去世时，我几乎没有落泪。

我在心里对他说，我一定要写你，写下我心中不解的痛。否则，我永远放不下你。父亲走得非常寂寞，如同他卧床两年多的寂寞。家里人早就预料是这样的结局，但当情况真如设想的一样时，还是很意外。他生病期间，除了我们几个子女轮流回家看他，几乎没有什么人来。河北省作协和保定市文联派人在中秋节看过一趟，就再没有人过问过他的情况。个别老同志也有电话来，但他们都高龄多病，也只能相互问候了。

我们子女与母亲商议，不搞遗体告别，不设灵堂，不收受任何形式的祭礼。火化前，保定市委宣传部来了个副部长，在父亲遗体前与我们握手；保定市文联来了两个同志，陪我们到火葬场，将他火化，骨灰放到保定烈士陵园中的灵堂。按照级别，父亲被安放在高干灵堂室。我们说，先让那些老红军、老八路陪陪父亲吧。

2005年，我们在保定烈士陵园，给父亲买了一处墓地，黑色大理石墓碑，用他的书法手迹、代表作目录和照片，设计了前后碑文。不管今天、明天的人们怎样看待他，我们觉得，这样对他的一生才算有个交代。

2005年，纪念抗日战争胜利六十周年之际，河北电视台要拍一部有关晋察冀抗日的专题片，其中有对父亲的专门介绍。编导曾经问我这样的问题：作为子女，你怎么看待父亲对你的影响？作为文学研究者，你怎么看待他这位作家的成就？我已经记不住当时说了些什么。但我一直在想：邢野究竟是怎样一个人？他到这个世上走了一遭，给我们留下了什么？

我要说的父亲，是一个在共和国没有大坎坷但也不走运的作家，是一个熟人们都视为很好的同志，是一个让女儿心寒的父亲，是一个妻子不希望与其同穴的丈夫。

从没落家庭到革命剧团

也许，我的父亲邢野是一个有点名气的作家。与其说是人有名，不如说是他的作品有名——1955年上演的电影《平原游击队》。共和国成立后的二十多年中，国产电影的数量本来不多。

到了"文革",很多电影成为"毒草",《平原游击队》《地道战》《地雷战》《南征北战》《英雄女儿》等几部片子,被轮番放映,亿万观众不论主动还是被动,不知道看了多少遍。说很多人是看着《平原游击队》长大的,并不夸张,他们几乎能把影片中的每一句台词背下来。这部电影是根据父亲1952年写的话剧《游击队长》改编的,合作者是剧作家羽山。

父亲的作家生涯,我是后来才了解了一些。他性格内向。他的身世、他的写作、他的工作和交友,极少与家人谈。不要说与孩子们谈,就连对妻子,也谈得很少。有些事,我问母亲,她总是说:"不知道,他从不和我说。"我上大学中文系后,向他讨教过一些文艺界的人和事,他的回答多是三言两语,并总是"唉"上一声,叹息道:"复杂啊!复杂……"然后陷入默想。他说这话时,我根本不能理解。本来他就不爱说话,也许害怕祸从口出,说得就更少了。对于父亲,除了过去例行填表的那些内容,我们知道得很少。父亲去世后,整理他的遗物,发现了他的小传和为了出文集自己写的年谱。

父亲1918年生于天津城郊乡村。他的祖父和叔祖父都是木匠,一家人靠木匠活和务农为生。父亲七岁那年,他的大伯当了河北省井陉矿务局局长,又在开滦矿务局任要职,家里兴旺起来,随后他祖父这支一大家人迁到了天津市区。父亲上过四年私塾,在天津第三十小学毕业,成绩名列前茅。我的爷爷一生没有做过什么事,靠当矿务局局长的哥哥挣下的钱,盖了几十间房,吃房租过活,后来因为父亲的二哥抽大烟,房子逐渐卖掉,家境败落。听亲戚们说，1949年来临之前，我的爷爷奶奶就饿死了。父亲在他们四兄弟中年龄最小，不爱说话，就喜欢看书。他自己说过，上私塾时，常常逃课去听评书；上中学时，每天晚上都在图书馆度过。那时，他读了不少古今中外的文学作品。有一次我问他：为什么你不写小说，而喜欢写剧本？他说，上中学时，我就喜欢戏剧，莫里哀、梅里美、莎士比亚的剧本，翻译过来的我都看过。联想到周恩来、曹禺他们在天津上中学时都喜欢演剧，这种爱好可能是当时天津中学里的一种风气。

1937年天津沦陷，父亲和一些同学到大后方流亡。1938年在桂林组建抗敌演剧队第十一队，属于国民政府军事委员会政治部第三厅，艺术科长洪深直接领导他们。洪深给他们排戏数月。1939年春，抗敌演剧队第十一队奉命随广西一支部队到内蒙古演出。经过宜昌、长沙、洛阳等地，到达西安。父亲代理过演剧队队长，4至5月间通过随军的电影导演郑君里介绍，找到西安八路军办事处，开出介绍信，他同另外三个同学去了陕北，父亲进入了陕北公学看花宫乡分校。不久也加入陕北公学剧团，参加排练了侯金镜改编自高尔基原作的《母亲》。1939年5月，抗日军政大学、陕北公学、鲁迅艺术学院大部分师生、安吴堡战时青年训练班、延安工人学校组成了"华北联合大学"，成仿吾任校长，由延安开赴敌后。1939年7月，华北联合大学决定由陕北公学剧团和鲁艺部分学员组成华北联大文工团，开赴晋察冀边区。父亲在文工团被分在戏剧组，从此开始了他的编剧、导剧、演剧生涯。从1940年至1949年，他独创或与战友合作写了不少剧本。

如：秧歌剧《反扫荡》《过新年》《两个英雄》，话剧《粮食》《村长》，独幕剧《出发之前》《父子俩》《两个英雄》《不卖给敌人粮食》等，歌剧《大生产》《不上地主当》《天下第一军》，梆子剧《无人区》。他的长诗《大山传》和短诗集《鼓声》中的多数篇章也是这时写的。他还写了一些歌词，如：《国民党一团糟》《上有青天》《开荒》《穷人翻身谣》《水流千遭归大海》《县选歌》《军民对口唱》《八月十五》《野战兵团歌》《前进，人民解放军》《歌唱古北口》等。邵燕祥先生曾对我说：《国民党一团糟》这首歌，他很熟悉，"1949年前后在老区与新区极其流行"。这首歌，我上小学时在学校合唱团也学了，劫夫将曲子的音调、节奏谱得很特别；这便是为什么一直流行到共和国成立以后的原因。

也许由于写作能力，父亲先后任晋察冀军区第三军分区冲锋剧社戏剧队长、社长，冀晋军区文工团团长，该团后改称察哈尔军区文工团。战争年代，戏剧演出可以直接鼓舞群众，不需要舞台，利用现成的院落、房屋、场地；也不需要道具，穿老百姓的衣服就行。有时，当天排练当天演出。虽说粗糙些，但很有生气。父亲在一篇文章中介绍：他们剧社演完了《刘二姐劝夫》，敌人炮楼里的伪军就有不少人反正；上演了《张大嫂巧计救干部》，各村就出现了很多掩护干部的事情。父亲也演过戏，在《白毛女》中饰演过杨白劳，在高尔基的《母亲》、果戈理的《巡按使》中充当过角色。据《敌后的文艺队伍》一书的记载，1940年的"三八"妇女节，上演《三八节妇女活报》："封建魔王由邢野扮演，身披铠甲，手执长鞭。日本帝国主义（侵略军）由陈强扮演，军服军帽，腰横倭刀。"他和陈强还合写过《反扫荡秧歌舞》。"文革"中，父亲教过我们一首好听的外国歌曲《沙漠之路》，才知道他唱歌也不错。

从高峰到式微

共和国建立之初，父亲的写作还是很勤奋的。1952年，他创作了多幕话剧《游击队长》。当时在中央文学研究所，他既是所务委员、秘书处主任，也是学员。1954年，为了将《游击队长》改成电影《平原游击队》，他调到文化部电影局创作所。1955年电影上演后，他又被调到中国作家协会对外联络委员会任副主任。从20世纪的1956年到1960年代初，他还有多幕剧《青年侦察员》出版，独幕剧《开会》《无孔不入》《东庄之夜》《典型报告》《塞北红旗》发表，与和谷岩（执笔）、孙福田合作编剧的电影《狼牙山五壮士》上演，三个老战友合作的多幕儿童话剧《儿童团》、中篇小说《儿童团长》出版，与诗人田间合写多幕歌剧《石不烂》，他自己写的儿童诗剧《王二小放牛郎》出版，给中央实验话剧院创作了话剧剧本《春燕》（又名《女革命者》，未演出，也未发表）；粉碎"四人帮"后，在保定写作并上演了话剧《古城十月》。自此，他的创作生涯基本上结束了。听父亲说，电影《平原游击队》获过奖；一部独幕话剧获文化部戏剧创作三等奖；儿童诗剧《王二小放牛郎》获1954—1979年全国少年儿童文艺创作二等奖，但在他的遗物中已不见凭证。他的名字，戏剧界的人还知道一点吧？1980年代初，我到《剧本》

杂志社办事，遇到负责人颜振奋，他还说起，认识邢野同志。其实，电影《平原游击队》，既是父亲的创作高峰，也是他创作式微的开始。1963年以后，他除了零星发表一两首诗外，基本上没有什么作品了，他才四十五岁。我记得那时看到的父亲，除了练习书法，就是整天沉默不语地抽烟。

同事和朋友

父亲认识的人很多，人缘也不见得不好，但朋友不多。仅联大文工团时与他合作过、交往过、名气很大的文化人就不少，但后来多没有什么联系。孙福田叔叔说，邢野交友能深不能广。孙叔叔是父亲在战争年代的老战友、老搭档。他说，邢野不爱说话，对女同志更不爱讲话。但邢野有才华，能写剧本，也能演戏，对人真诚、宽容、幽默。赏识他的人能与他交往较深。孙叔叔还说，邢野在部队时，身为领导干部，从未见他声色严厉地批评过谁。父亲的通信员张凤翔叔叔说起他，总是带着崇敬的神色，说父亲待他视同兄弟，不分彼此。看到张叔叔鞋破了，立刻把自己的鞋拿给他穿；馋了，拿出钱，让张叔叔买只烧鸡来，两人美吃一顿。后来，我从事文学教学与研究工作，见到很多在作家协会与父亲相识或相处过的老同事，大家对他印象都很好，说他是老好人，很正派，能帮助人时尽量帮人。原《诗刊》编辑白婉清阿姨对我说，"文革"后，她去看望我父亲，谈话中父亲了解到白阿姨想调工作，就主动提出帮她联系有关单位，并介绍朋友帮忙。我记得，无论我们家是在山西还是在保定，他对被打成

"右派"发配到那里的唐达成、徐光耀、侯敏泽都很同情，曾让我多向唐达成请教，还让在文化局工作的母亲给他们多提供些帮助。

父亲不多说话、不爱表现的性格，成就了他好人的名声。以他的工作性质以及他的一点名气，他会认识很多在外界看来很重要的文艺界人物，我却没有感觉到他与什么人有深入的交往。在一些场合，当有人介绍说，这是邢野同志的女儿，得到的反应多是：哦，邢野同志？我认识，代问他好！没有进一步的关切，也没有几经多灾多难、荣辱升沉之后人与人之间避免不了的尴尬、冷漠抑或仇怨之类的神色。作为邢野的女儿，我得到的也仅仅是这些点到为止的友好和客气。这就是好人邢野留给我的。他没有让我在人前感到难堪、抱愧，我应该感激他。

父亲的书房

说到父亲对我们的影响，那是一种客观的存在。其实父亲是不让我们从他的书架上拿书的，他根本没有要陶冶我们的意图，几乎所有的书，都是我们趁他不在家时从书架上拿出，再趁他不在家时放回去"偷"看的。直到"文革"时，因他事先将1950年代内部发行的线装本《金瓶梅》藏在煤堆里，没有让造反派抄家时抄走，后又带到乡下，我们才知道还有这类书可看，我们姐妹兄弟又一个一个偷着将这部书看完。我上大学时，曾向老师请教怎么理解《金瓶梅》，老师说，这种书现在还不能提倡你们读。我在心中窃笑，其实我早就读了！我在小学时几乎读遍了中国当代著名的作品，中学时与"文革"中又读了不少外国名著：《巴黎圣母院》《悲惨世界》《牛虻》《简·爱》《安娜·卡列尼娜》《复活》《安吉堡的磨工》……其中有不少书是和同学朋友交换或借阅而来。我还记得，大姐看了陀思妥耶夫斯基的《被侮辱与被损害的》一书后，给我们大讲其中的人物故事；二姐看杰克·伦敦的《白牙》时，紧张地尖叫，把全家人吓了一跳。

我们姊妹在学校都以作文好出名，毕竟，我们有父亲的书房。我在大学教书，从学生作业中得知，他们的课外阅读，初中是《故事会》，高中是金庸。有朋友说，如果中学时代没有养成读书的习惯，就完了。那么，我们应该感谢父亲的书房，他的书房不能说很丰厚，却让我们养成了读书的习惯，受益终身。

父亲的书房让我想到，他这一代革命作家，从文化积淀上看，"古"的不深，"洋"的也不深，宗教文化更没有，接受最多的外来文化是苏联的社会主义现实主义文学。

很少露出笑容

邢野是一个不走运的作家。

他是一个好父亲吗？也不是！

从我记事起，父亲很少在我们面前露出笑容，很少和我们说话。他晚上睡得晚，早上起得迟。因为他是作家，所以在家里的时间很多。以至于小时候我一直以为作家就是坐在家里。

印象中的父亲除了打发我们为他做事外，很少正眼看我们。七八岁的孩子很敏感，总觉得在他眼里，我们是那么多余、讨嫌。有时不得已要问他点什么，往往还没等我们张嘴，就听到"去去去，一边玩儿去"！如果有客人见到我们做儿女的，问："这是老几啊？上几年级了？"他甚至会一时发蒙，叫错了名字，或说错了年龄，反过来问我们，你几岁了？上几年级？

从我们出生，请保姆、入托、看病、上学，他什么都不管。我母亲回忆录中有一段关于我大姐的故事，大体可窥一斑：

> 1949年5月，我生了大女儿。因为没有经验，发生了让人痛心的事。新生的孩子用指甲老挠脸，听人说，小孩过了百天才能剪指甲。我就用纱布缝了两个小口袋把她的手给套了起来。过了几天孩子哭声不止，我找不出原因，打开纱布口袋一看，右手食指一截已经变黑，把我吓坏了。邢野到北京参加全国第一届文代会去了。女同事霍克帮助我带孩子到了医院。医生检查后说，指头上的一截已经坏死，必须从指头中间切掉，不然还会往下发展。我一听就蒙了，不知如何是好。医生说，你们尽快决定，拖延下去可是很不利！我问大夫，只切掉上边的一截行吗？不行，第二截下边已有炎症，有细菌，必须切掉半截。霍克同志看着我说："那只好切了。"大夫说："你们谁签字"？我拿起笔签了字。孩子被抱进手术室，我在外边哭个不停。霍克不住地劝慰我。
>
> 孩子的半截指头切掉了，麻药劲过后，她还是不停地哭。医生说用的是最好的进口药"盘尼西林"。如果孩子的指头再发展，就得把手切掉。我一听又被吓得愣住了，好大

一会儿才回过神来。这么小的孩子就切掉一只手，成了残废，我该怎么办？我又急又累，又担心孩子成了残废。紧张和劳累让我片刻不得休息。这时，霍克已走，她有孩子在家。想到自己的处境和难处，身边又没有一个亲人，越想越难受，我抱着哭哭啼啼的孩子又大哭了一场。女护士见我疲惫不堪，接过孩子叫我去打中午饭，一出门我就晕倒在楼道里，护士们把我搀扶到屋里帮我打了饭。三天后，孩子哭得轻些了，医生检查后说，可以保住这只手了，我悬着的心才落下来。孩子住院半个多月才出了院，我已筋疲力尽，四肢无力，心情非常不好。心想，这还能工作吗？……

邢野从北京开会回来了，我一见他就来了气：你倒痛快，想到哪儿就到哪儿，想干什么就干什么，孩子一只手差点切掉，霍克同志给你打了电话，你不回来也罢，连封信也不来。他说："我回来顶什么事，也得听医生的。""写信的空儿也没有吗？"他不吭气了。气得我发了一通火，好多天不理他。他仍是老样子，既不帮我打饭，也没有洗过一次尿布，唯恐有失他大男子的体面和尊严。我真倒霉，遇上这么一个无情无义的丈夫。

由此可见，邢野缺乏作为父亲本该具有的责任感和爱心。我困惑不解，到底是宗法社会男权意识潜移默化，还是性格使然？

大姐之后，又有老二、老三、老四落生在这个家庭。孩子们陆续上了幼儿园，那时，作家协会幼儿园可以两个星期接一次。

我们一个月才回家两次。印象中，父亲从来没有接送过我。他对孩子的感情实在是太冷。在他心里可能觉得我们是负担，所以不能白养，总得让我们人尽其力。他指使我们做着家里的一切事情，自己绝不动手。即便想让孩子们无所不能，也得身体力行有个示范作用吧？不！我几乎没有见到过一次。有一次，家里的水龙头坏了，水溢四处，母亲不在家，一个孩子吓坏了，赶快告诉父亲，他二话不说先给了她一耳光："还不快去找人修理！"他让少不更事的孩子理解为：修理这种事，跟我这个当爹的有什么关系！

20世纪50年代末60年代初那会儿，我们经常搬家，从北京到保定、从保定到石家庄、从石家庄到天津、从天津又回到北京。下户口、上户口、转学、入托，捆行李、运行李，都是母亲的事，上小学、初中的女孩子当帮手。所以母亲常说："咱们家没有男人！"60年代初，母亲下乡"四清"，父亲刚给母亲发走一封信，就开始写另一封信。一封信断断续续写几天，写什么？无非是：今天小群要买鞋，晓明参加少先队要买白衬衫，谁谁要交什么费用。待母亲回了信，他再让大的领着小的去买。记得我上小学时，有一次，塑料凉鞋磨破了脚，脚趾头肿得很厉害，脚踝部已经生出了红线，很疼。我推开很少走进的他的书房门，怯怯地对他说："爸爸，我的脚破了……"对我疼痛的脚，他看都没看一眼，就说，"找你妈去"！说着给了我两角钱，让我坐无轨电车到十几站以外的机关去找母亲。当时我们家住在北京和平街的作协宿舍楼，离家一站路左右就有一所医院。而他根本就没有带生病的孩子去医院的意识。现在常说"情商"这个词，父亲的情商是不是太低了？

父亲只和我拉过两次手。一次是在我六七岁时，跟在父母身边走，要过马路时，他拉起了我的手。一次是"文革"期间，他从接受审查的学习班回到久别的家，这个家已随着母亲的下放安置在了山西洪洞县赵城公社的侯村。听说他已经回到了家，我从插队点上急匆匆赶回去看他。到家时，他正在灶前拉风箱，看到了我，立即站起来，很高兴，像对久别的朋友一样伸出手来和我相握。我有点受宠若惊。他大概是出于对外交往的伸手习惯，或是不知道用什么方式表达父女几年不见的心情。据我所知，在我们这类干部家庭，无论为父母的还是为子女的，根本没有相拥的体验，因为它属于要抵制的资产阶级情调。也就在这时，我看到他参加了一点家务劳动。

"文革"中，不管往他身上泼了多少污水——比如说他是国民党中统特务，我们始终认为他本质上是个好人，我们姊妹兄弟中没人声明与他脱离关系，因为我们从没有发现他有任何违反做人原则的行为。虽然他对我们少有那种唱高调一类的教育，但遇到我们姐妹入团入党一类的事，脸上也会出现难得的笑容。

暴躁得异常

在家里，我们的心永远在嗓子眼儿处吊着，很紧张。我们见到父亲的样子就像羊见到狼，充满恐惧。因为你不知道什么时候说"错"了什么话，做"错"了什么事，让他看着不顺眼，一巴掌就会扇过来，扇得我们双眼冒金星。我感觉，扇来扇去，都被扇傻了。上小学时，只有老师经常夸我聪明，因为我在班上的成绩名列前茅。母亲也常说我人小鬼大，比较机灵，见情况不好，能及时脱身。否则，我会在父亲的巴掌下成为很自卑的女孩儿。我们子女中性格倔强的，遭遇到的巴掌就多些；比较娇气的，挨一次巴掌，能哭上两三个钟头，直到哭不出声儿为止——这一点，让父亲很头疼，故挨的巴掌要少些。他唯一宠爱的是我大姐，我从没有见他打过大姐。是不是女孩子多了，烦了，父亲才这样呢？也不是，在我妹妹之后，母亲生了我的双胞胎弟弟。开始，他是喜欢的，高兴了也要抱一抱，待弟弟们长大不大听话，开始与街邻的孩子打架，他的巴掌就上来了。等弟弟们更大些，他伸手够不着时，就抄棍子、拿铁锹，往他们身上抡。

　　只有一次，以他的脾气，一定会打我，但没有打。那是三年困难时期，我上小学三年级。一天，他让我去买酱油。那时，买什么都排队，我个儿小够不着柜台，在大人的拥挤中，丢掉了刚刚换好放在兜里的一个月的饭票儿（那时我们吃食堂）。从没有打骂过我的母亲，气昏了头，一边数落着我，一边拿起笤帚疙瘩打我的屁股。父亲这时反而态度非常之好，没有打也没有骂，声音不高地劝我母亲说：已经丢了，急也没有用。后来我回过神儿：敢情是因为他让我去买酱油，祸是他引起的。那个月，每人只有二十多斤定量的父亲与母亲各自拿出一半口粮贴补给了我。在那个年代，别人宁送你一百元钱，也不愿送你一两粮票。我内心还是很感激他们的。就因为想起他们的恩情，我十五六岁的时候,身无分文地离家出走一个多月才回家。那次,是因为我顶嘴,他顺手拿起一根大棍子,大喊:滚!滚!滚出这个家门,别回来!他以为我们没有胆量和能力走出家门。我说,滚就滚!

也许有人会说,对父母这么鸡毛蒜皮的小事,都记在心,岂不是从小就学会了记恨?我不这么想。我认为,在那么幼稚、单纯的年龄,一次一次地、深深地刻印在心头的就是这些小事情。不平等的感受,首先是在自己的家里,在童年时代。

我母亲也不善于儿女情长,她属于工作型的人。母亲在外面认真、亢奋的工作状态,让你觉得只有在外面工作才能实现她的生命价值。偏偏事与愿违,1949年以后,母亲十年当中生了七个孩子(其中一个孩子六岁时夭折),无情地消耗着她年轻的生命。她记恨在心的是,当年她想做流产,必须得有单位出证明,而单位不但不出具证明,还批评了她,让她做检讨,并组织女同志去参观苏联的英雄母亲展览,让她们看看苏联的英雄母亲是如何将十一个子女培养为工程师、飞行员、教授一类的栋梁之材。这种脱离实际教条式的宣教,效果之差可以想见,烦于家务的母亲并没有因此增长多少对儿女的耐心。

以他为中心

父亲在家里,一切以他为中心。

从我记事起,他与我们的联系,就是指使我们做事:买东西、扫地、洗菜、倒垃圾、买煤球、打煤糕、给他洗衣服——洗不动,拿刷子刷(当时没有洗衣机)。除了听他提起1950年代与朋友逛过东安市场和荣宝斋,自我懂事后,几乎没有看到他自己上街采买过什么东西。家庭日用购买除了母亲就是我们,包括父亲自己用的烟、茶、火柴、墨水、糨糊、邮票……1961年,我九岁,正是经济最困难的时期,父亲有胃病,要吃精细一点的蔬菜,他大概觉得我胆子大,泼辣一些,经常让我坐电车从和平里到东单菜市场给他买菜。那是十几站的路程,一个九岁的小姑娘,挎着大篮子,上车、下车,走几步,歇一歇。在冬天的风雪中,我的双手冻得通红,裂开了那么多的口子,疼死了!父亲的眼睛,绝不会注意到我的手,他怎么会知道我的痛?当我一步一步往家走的时候,总觉得自己的样子就像传说故事中的童养媳。父亲有胃病,吃好一点的青菜并不过分;以我们那时的觉悟,对他抽烟也不会指责。我母亲带着全家在农村插队的时候,有一次,他让上小学的弟弟到五里外的镇上给他发一封信。弟弟说,我还要上学去呢。他立刻瞪起眼睛。母亲悄悄告诉弟弟,先把信放在书包里,放学后再去发。我们所有的孩子都经历过,当他让我们为他做事的时候,不管你是否要去上学、做作业、高考复习,或在拉琴、看书,稍有怠慢,他就会瞪眼睛;稍有解释,就被视为顶嘴,巴掌很快就会跟上来。弟弟长大以后,有一次他让弟弟做什么事,弟弟没有去,他拿起捅炉子的铁条就往他身上抡。弟弟急了,说他是秦始皇,是暴君!他说:"我就是秦始皇!就是暴君!你们能怎么样?"当他从我们的眼中看到了对他的不满时,总是愤愤地说,别以为你们是靠着墙根长大的,你们把我的稿费都花光了!似乎他养育了我们,他就有权力这样对待我们。我们原以为，哪里有压迫哪里就有反抗，反抗是有效的；可是在我们家行不通，不论怎样反抗，下一轮的暴力仍会出现。

说件可笑的事。到了晚年，他知道他的文集没有财政补贴，出版社是不给出的，便决定自费印制。我们帮助他排版印出清样，请他自己校对最容易校的诗歌部分。他一边校一边烦，说：我写了那么多东西，从来自己没有校对过。一气之下，不校了。这种最应该自己做的事，也不愿意做，自己还能做什么呢？反过来却不断催家里人给他校对书稿。

父亲让我们做事的时候，他在干什么呢？就算他在写作，就算他在思考，这是一个人连起码的父爱都没有的理由吗？过去曾看到我们的邻居：诗人李季带着孩子们去游泳，诗人闻捷带着几个女儿去公园。诗人郭小川在日记中经常提到带孩子们去滑冰、看电影、看戏，而我们的爸爸从来没有带我们去哪儿玩过。小学唯一一次去动物园，是妈妈带我们姐妹四个去的。

多年后，我看到方方的小说《风景》，故事中的父亲动不动就对孩子们拳打脚踢，像对野猫野狗似的，一点都不奇怪。这种家庭中的冷酷，我并不陌生。对于那些小市民家庭，你可以说是为贫困所逼，为愚昧所致，那么邢野的暴躁来自哪里？那时候没有计划生育，不能控制我们来到世上，这或就是无奈地养育。

后来，我看《梁启超和他的儿女们》一书，看得泪流满面：如此大学问家，有如此深厚的父爱，实在不敢想象。梁启超有那么多孩子，无论出自正室还是侧室，对哪一个都不怠慢，从孩子们的学习、做人，到婚嫁，都关怀备至；孩子们在海外的，他也要殷殷地嘱咐到。

梁漱溟在大会小会中被人批斗了半年，仍强硬地坚持："三军可夺帅也，匹夫不可夺志！"他的儿子梁培宽说："有人问我，父亲是否很严肃？不，他从来都是以商量或建议的口吻与我们交换意见，从不命令或强制。他关心我们的品德，不在意成绩分数。"他们对孩子的尊重和理解，让我看到一个真正知识分子的人文修养应该是什么样的。

从父亲身上，开始了我的怀疑。父亲在当时算是文化水平较高的，他学至高中，参加革命后自觉地与家庭断绝了联系。我不明白：就算他出身天津商埠——旧时代的天津市井习气对他有潜移默化的影响，就算中国传统伦理文化太深——任何人都不可能自拔于其中；毕竟他看了不少五四新文学的书，毕竟参加了反专制、求民主的革命队伍，为什么最基本的民主、平等、人格尊重等概念在他这里几乎是空白？为什么在生活上，他不觉得对家人有义务；在精神上，他不曾想自己有责任？马波在《母亲杨沫》一书中写道：他父亲是北京师范大学的党委书记，从不与孩子谈心、不与儿子沟通，发生问题就是扇耳光，加上用脚踢。马波后来忍无可忍，给周恩来总理写了一封告状信，周总理批评了马波的父亲，马波才结束了挨打。我母亲就说过：你爸爸只有他的老首长王平政委才能管得了他。所以，马波的母亲杨沫，同我母亲一样，无奈又顺从，在专制风暴中不能为儿女竖起一堵保护的墙。我问母亲，你为什么不从一开始就保护儿女，使他不至于把打孩子当成习惯？她说，他脾气上来，六亲不认，我怕他也打我。

我的这些感觉，永远不敢对外人说，说出去，自己也觉得有失体面。小时候只能和同气相求的姐妹小声地声讨父亲。

有人会说，这是一个复杂的问题，原因是多方面的，有传统伦理观念问题，有社会文明导向问题，有对婚姻家庭认识的误区，也有个人性格的原因，甚至还有过去我们不了解的心理疾病问题。专制家长社会，未尝没有父慈母爱的和睦家庭；民主国家中仍有人以身试法，家庭暴力照常。

看了我写父亲的文字后，大姐问：你为什么不在他活着的时候，说出你的想法？诚实地说，我不敢。尽管成年以后，特别是我在做有关文学研究时，向父亲请教，他很理解，也愿意聊。但是，一想到我是否能批评他的行为时，我眼里闪过的只有他狰狞的面目，心里充满了恐惧！记得我的第一本随笔集《凝望夕阳》，有一篇《妈妈》是写我的母亲，说到母亲在家里家外独当一面时，涉及父亲在家庭中的负面现象。小书出版了两三年之后，我才决定把这本书让父亲看看，为的是让他在有生之年，看到我写的书。但我还是小心地把写母亲的那一篇，细细地、几乎不留痕迹地撕掉了。我不想刺激他，我真是怕他！

林林总总，挂一漏万地说了一些父子（女）关系中的极不正常现象，我想说的是，文明人和文明社会，起码应该以这些为耻，而不是视之为理所当然。当社会风尚演化得没有了亲情，或者说不知道什么是亲情了，那真是社会的悲哀。

组织安排的婚姻

我母亲说她是喝着红薯面糊糊，吃着红薯面面条，啃着红薯面窝头长大的。她的家乡在河北曲阳县，那里的土质，只有种红薯产量高。据说，战争年代那个县跑出来参加革命的人特别多，说来说去还是因为穷。她家乡附近的山里埋着汉白玉，曲阳县一直被视为石雕之乡。从民国时起，这里雕塑的石头工艺品就运往全国各地。但1949年到改革开放前的年月，老百姓根本无法利用当地石材和传统手艺寻找求生的门道。记得小时候，我去姥姥家，周边一些村子的副业都是砸石头子儿，用于铺铁路。农闲时，村里老老少少妇女儿童都去砸石头子儿，一立方给记上几分。当年对汉白玉石就是这样利用的。

我的母亲出生在一个宗法观念很强的乡村家庭。她的爷爷、奶奶、父亲极其重男轻女。她的两个妹妹都是因为有病不给治，在不理不问中死去的。母亲小时候得了伤寒病，是碰巧身在舅舅家时被发现的，后在舅舅家治疗养息好。她说，若是躺在自己家里，早就死了。抗战时期，她不顾家庭反对，随抗日小学东躲西藏地读书。她泼辣要强，曾是村里第一任儿童团长。1944年，在一位老师的带领下她参加了八路军，当了文艺兵。

母亲说，她在极不情愿的情况下被组织包办了婚姻。

关于这一部分，我母亲的回忆录《夕照回眸》写得很详细：

> 我十七岁参军入伍，正是蓬勃向上、奋发进取的花季年

华，心中闪烁着美好理想的火花，对未来充满憧憬，从未想过搞对象的事。不料，到冀晋军区文工团刚一年多的时间，"大红娘"突然找上门来。

那天是个星期日，我刚洗完两件衣服晒上，戏剧组长李舒田来找我谈话，说是征求对工作和对他个人有什么意见。我们坐在村口大树下的石头上，谈了些工作上的事，他就转了话题，以关心的口气对我说："你看咱们剧团的女同志差不多都有对象了，你不考虑考虑自己的事吗？"我说，我不想考虑这个问题，我离家参军是为了学点本领，为革命事业多做点贡献，不是为了找对象，至少现在不找。"哎，别说得那么绝对了，有合适的还是应该找嘛！我想给你介绍一个，他今年二十八岁，思想品质好，工作能力强，写作水平高，他写过很多东西，他就是咱们团的邢团长。"我坦率地告诉他，我将来找对象也不找当官的，我虽然是个小兵，我不怕吃苦，没有享受思想，也没有依赖思想。他说："你这想法太片面了，他也不是什么大官，就是大官也得找对象结婚呀！"我说那不关我的事，我站起来要走了，他说："我是一片好意，你应该好好想想。"我说谢谢组长的关心，这不是我现在想做的事情。我要想找对象的话就不来参军了。说完我就走了。我以为这事已经过去了，根本没有往心里去。谁知过了些日子，副团长的夫人又来找我说这事，我又断然拒绝。我说，我今年刚十八岁，年龄还小。再说人家是个知识分子，我是个小学文化；他是个团长，我是个小兵；他还大我十岁，哪儿都不合适，请你别再操心了。不料，此事很快就传开了，有人开我的玩笑，弄得我心里很不痛快。心想，不管你们怎么说，他条件再好，我也不会找个大我十岁的人。没过几天，组长李舒田来叫我到团部去一趟，走到门外，他又说是邢团长叫我去，我说不去，他说："你这就不对了，领导找你说话，怎么能说不去呢？这对领导太不尊重了。"他推着我说，走吧，我送你去。我想，去就去，不同意就是不同意。进屋后，邢团长让我坐下，他沉默了一会说："舒田对你谈的那件事，你有什么想法？"我说，我年龄还小，不打算谈这事。他说："你是不是感到年龄上有差距？年龄不是主要的。"他举了些名人夫妻年龄差距的例子，让我认真考虑。碍于领导的面子，我不好直接拒绝，只说了声"没有事，我走了"，就出来了。大约一周后，他又让通讯员来叫我，我说正开生活会。谁知大家七嘴八舌对我起哄："去吧，去吧，别不好意思！……"我本不想去，又碍于他是个领导，只好勉强地去了。他见我绷着脸不高兴的样子，"怎么啦，遇到什么事了？"我说，今后你不要让人叫我了，我讨厌大家起哄。他说："起什么哄？大家知道有什么不好呢？这些天你有什么想法？"我说，现在不想找对象，说完我就走了。我以为这事到此已经结束。谁知过了些日子，他自己找上门来了，说有事问我。当着屋里的人，我不好说什么，就跟他来到村边，坐在大石条上，他说要给我介绍他个人和家庭情况，我说"没有必要"，他仍作了简单的介绍。

他问我家里都有什么人？我把家庭成员说了一下，纯属应付，根本不想谈什么。他问我看什么书。我说看《卓娅和舒拉的故事》，他说很好，那是本好书。沉默了一会儿，我说我有事，就走了。我想，他这个人平时不爱说话，女同志都有点怕他。我看他不是老倔头，就是闷葫芦，和这样的人在一起，没有意思。此后，任谁也未再提过这事。岂知事过一个来月后，我万万没有想到的事居然发生了。1947年初春，定县解放时，我们文工团随部队进了定县城，为那里的军民演出了半个多月。演出刚结束，就给我来了个猝不及防的突然袭击。司务长和炊事员们操持采购忙活起来，大声嚷着："办喜事了，邢团长和张××要结婚了！"当我听到这突如其来的刺耳的喊声，像晴空一声霹雳，一下把我惊呆了，脑袋"嗡"的一声胀大了，我立刻找到邢野去问是怎么回事。我说，八字还没有一撇呢，怎么能说结婚？他说："怎么能说八字没有一撇呢，你没有拒绝就是同意了呗！"我说我已经对你和找我谈这事的人都说过，现在不想找对象，你还叫我怎么拒绝？是你向上级写了结婚报告吗？"报告不是我写的，是团部写的，具体是谁写的我也不清楚。""写以前和你说了没有？""说了一声。""你为什么不经我同意，也不让我知道就让人写报告？"说着我就哭起来了。副团长进来说"报告是我和指导员写的，批下来后，咱们剧团要出来演出就没有提这事。"我说，你们为什么不经我同意就写报告？批下来为什么又对我保密？来这里这么长时间，为什么还不告诉我？从一开始到现在，我一直拒绝这事，怎么谈到结婚？就是父母包办也得事先让本人知道啊！你们这叫什么做法？邢野赶紧说："我也没想在这里结婚，这纯属同志们和组织上的关怀。""关怀、关怀，当然是关怀你了！"我伤心地放声大哭起来。副团长和他的夫人把我拉到他们屋去劝说了大半天。副团长说："都怪我没有把这事办好。大家都是一片好心，趁现在休息几天，就想把你们的事办了。你千万别哭了。"他们明知违背我的意愿，为达到邢野一厢情愿的目的，背后策划、欺上瞒下，突然宣布举行婚礼，对我造成强大压力，迫使我成婚，还说是一片好心，真是岂有此理！

我缺乏社会经验，当时年轻幼稚，思想单纯，特别是不能摆脱"一切都服从组织领导"的思想束缚，苦无办法。如果硬是不同意结婚，就得马上离开这个剧团，再不好待下去了。我到哪儿去呢？回家？实在不想回我那个歧视女孩子的家。再说，我真要回到家里，村里人会认为我犯了什么错误被开除了。村里给我家定的是富农成分（"文革"后才纠正为中农），当时很受歧视。想来想去，我一肚子委屈不知道向何处倾诉。终身大事，就这样由单位领导迫使成婚，剥夺了我的自由选择和拒绝的权利。我很像一只初向蓝天试飞的小燕，突然被一只凶猛的老鹰抓获，身陷绝境。在我心慌意乱、六神无主的情况下被几位嘻嘻哈哈的女同志硬是拉去举行了婚礼。婚后，剧团就回到阜平柳峪村。我心情很不好，对什么事也不感兴趣，也不愿理那个不修边幅邋里邋遢的丈夫。平时我住在女宿舍，没有事时，就抱本书看，也很少和邢野接触。放假时，或是休息的日子，他让勤务员来叫我。在一块时，他也没有多少话，既不关心我的生活，也不关心我的学习，也不谈他自己的事。我心里总是不痛快。虽然是新婚，没有亲热的感觉。

关于这一段往事，家中有人提出异议：父母的老战友，我们也有接触，怎么没听他们谈到过？母亲单方面回忆能否完全当真？我认为，即便母亲性格中有优柔寡断的一面，即便婚前她有犹豫不决的可能，她的内心想法还是真实的。从我第一次写她，关于婚姻，她就是这么说的；后来，她写自述，是在回答我的有关问题中，补充完整的；她所描写与邢野谈话的细节，既符合她一以贯之的说法，又符合我所了解的他们的性格。对于老战友们为什么没有提到过这一问题，我设想：如果从表面看去，这个家庭还算幸福，他们何必要提当初？如果知道他们之间有性格矛盾，再提过去，岂不太尴尬？我母亲是个极要面子的人，在家里与在社会上，两张面孔的转换是非常自然的。晚年她把自己的自传给最要好的老朋友看，她们都惊讶不已：没想到你在家里的情况是这样！可见她的掩饰性有多强！当我再次问她，我要写自传，能否引用你写过的经历和情节，她沉默了一会儿，对我说"引吧"。尽管她极不情愿让更多的人知道她的经历，但她还是坚守自己心中的那点真实。

其实，这样的事我听到过不少。有个同学的母亲告诉我，共和国成立之初，领导告诉她，军代表老王看上了她。她提出，老王大她十五岁，不合适。领导批评她：老王是革命干部，为了革命没有解决个人问题，我们有责任帮助他！从照片上看，我同学的母亲当时相当美丽。这位美丽的姑娘后来还是"帮助"了老王。

在战争年代，革命队伍中男多女少，军队的领导干部几乎都是男性，他们结婚有年龄和级别的限制（团级干部以上）。当他们够结婚条件时，年龄都偏大，只要他们选中某个人，女方如不同意，组织上就千方百计撮合成婚。

我曾经对母亲说，当时你完全可以拒绝结婚。她说："我哪有这种觉悟？那时的观念，服从上级天经地义；再说，我还不懂事，从我们家乡到部队，我不知道自由的婚姻是什么样子。我更怕因为不同意结婚，就让我离开部队。"母亲与父亲结婚时，还不到十八岁。

20世纪50年代初，母亲随父亲进了北京。当时高中毕业生生源不足，国家决定保送一批干部上大学。母亲想上大学，但父亲不情愿。孙福田叔叔的妻子肖驰阿姨，曾是父亲他们文工团演剧队的女演员，就是那时上了中央戏剧学院，毕业后去了中央实验话剧院，成为那里的台柱子。母亲很要强，也爱学习，她的文章自然、流畅，从中可见一斑。她不满足当某某人的夫人，而是希望靠自己的努力赢得一份社会尊重。这时，他们已经有了两个孩子，父亲说："你不把孩子的事安排好，就别去上学。我没时间管孩子！"其实那时的调干生中，有孩子的人很多，孙福田叔叔也已经有了两个孩子，就是由孙叔叔来照管。况且，那时雇保姆容易，有一定级别的，公家还给出保姆费。母亲对我说："调干生上大学，得写保证书，保证不为孩子的事请假。我不敢写保证，因为小孩子经常要闹病，你爸爸又不管。"父亲不支持，使母亲与大学失之交臂。

母亲的文化水平是在部队中提高的。1949年进城后，她多随着父亲在文化系统里搞行政。尽管她在什么岗位都任劳任怨、认真负责，但也有对给她安排的工作不满意的时候，比如让她去筹办机关幼儿园。她想让在领导层工作的父亲替她说说话，父亲很不以为然。母亲问他："让我去办幼儿园的事你知道吗？"他说："知道。""你事先知道，为什么不告诉我？"父亲说："你这个小干部干什么不都是一样，有事干就不错了。"可见，不是父亲组织原则性强，而是他从心里就不把母亲的工作当回事。母亲觉得在他心里，自己就是这么个地位，从此再也不在乎他的什么意见了。

我是一个天然的女权主义者，听到这样的对话，我当然同情母亲。因为，我的丈夫就从来没有这样对待过我的事。

家庭里的硝烟

1960年代中期，父亲因病被安排在作协的创作组，编制是驻会作家。作协要求驻会作家一律到基层去。创作组的赵树理，下放到山西省文联；周立波，下放到湖南省文联；华山，下放到广东省文联；艾芜，下放到四川省文联。父亲想去天津，因为是直辖市，不能去；湖南有老同事康濯在那里，他就决定去湖南省文联，说湖南的民歌很发达，希望到那边采集些民歌。母亲所在单位《世界文学》编辑部，这时已经归属于中国科学院哲学社会科学部文学所。文学所不希望我母亲调走，为了留住我母亲，决定调我父亲到文学所。文学所所长何其芳派人与作协商量，作协同意，但我父亲不接受。文学所政治部主任三次到我家说服他调入文学所，都没能改变父亲的主意。我母亲在《世界文学》编辑部主要搞行政工作，人家为了留住一个行政干部，调对方的亲属，实在是破例。后来母亲告诉我，在她之前的前三任支部书记，都感觉大知识分子难对付，干不了多久就调离了。她是第四任。她在这个编辑部工作的时间超过前三任的总和。可见编辑部想留住她，有历史原因。母亲是那种别人可以把心里话掏给她，而不必顾虑第三人会知道的人；她又是能为别人拿主意，让其信任的人。后来她断断续续告诉我，她在这个编辑部时，帮助不少人解决了他们生活中的难题。在我们家离开北京那天，编辑部全体人马都到火车站送行，连不常上班的病号都拄着拐棍赶来了，可见同事们的诚心诚意。其实，父亲对这次调动并不满意，带着一定的赌气性质，但他的自尊心断然不肯为妻子改换门庭。事情还在商议之中，他就趁我母亲上班不在家时，把家里的家具全卖了，包括他心爱的一整套硬木大理石家具以及母亲好不容易刚买到的缝纫机。他根本没有与母亲商量。母亲下班后大哭一场，这是他们感情的又一大裂痕。

父亲下放到湖南没有几个月，因身体不适调到了山西太原。

1975年又从太原调到河北保定。

"文革"结束后，一批在干校的人要回北京工作，一批被打倒的人要恢复名誉和职务，一批以前被无理赶出北京的人要求重新安排，几乎名存实亡的中国作协正在恢复建制。这时，需要一些有经验、熟悉作协工作的老同志回到作协。作协秘书长张僖知道我母亲愿意回到作协，很高兴，他问道：邢野同志什么意见？我母亲说他不表态。张僖觉得邢野不同意，也不能只把我母亲调到北京。后来，有人想介绍父亲调往中央歌剧舞剧院做编剧，他表示不考虑。待河北省文联恢复，让他任文联副主席，并去石家庄参加实际工作时，他又称身体不好，不愿意挪动了。我们分析，父亲不想工作了，他害怕复杂的人际关系，他没有能力在某个位置上，上下左右应付裕如。他只想逃避。他也希望回到北京或天津，但要以养病的方式当"寓公"。这当然难办。过去，从来都是父亲调到哪儿，母亲跟着一起调动，从来没有为调动、为住房、为户口发过愁。他根本想象不到，情况已经发生了重大变化，进京户口、住房已经成为干部调动的极大障碍。我记得，同学的父母从外交部干校回北京后，就住了很长时间的招待所。母亲的一个老同事，也是先一个人回到北京，带着上学的孩子在简易房住了好几年。

以父亲的脾气，和母亲吵架，是家常便饭。记得我七岁那年，母亲单位组织职工下班后看电影，她来不及告诉家里，回家较晚。那天他们吵得厉害。母亲提出：离婚！这些孩子想要谁，你带走。我非常害怕，心想，千万别把我分配给爸爸。后妈是怎么回事先别说，单凭爸爸的巴掌就够我吃喝的了。

我问母亲，你们是不是一直感情不好？母亲说，也不是。他能写作、能工作的年月，心思不在家里，我也理解他的工作，自然吵得少。那时他只是不多管事，脾气没有后来这么暴躁。

父亲从太原调到保定，归属单位是保定市文联，人赋闲在家。母亲在文化局工作，后来做到市文化局副局长兼市文联主任。保定市文联是"文革"后的重建单位，母亲工作担子重，父亲只好担负起了做饭的职责。父亲爱吃，伙食质量不高，情绪就不高。没有保姆的时候，他常常要亲自下手。但总让他做饭，他是不情愿的。父亲自然怨气很多，嫌母亲在家的时间少。有一次他讽刺母亲："什么加班，谁知道你干什么去了？你当了官，就不要家了。"母亲说他"胡说"！他抓起一个砂锅就冲着母亲砸去。砂锅是被弟弟用胳膊挡住的。那时，我们也心不平：你不想工作了，可是人家想工作，不能为了侍候你，让母亲提前退休吧？在这种基本问题上不能相互理解和支持，母亲自然是牢骚满腹，搞得家里总是硝烟弥漫，似乎随时会有触发点，引爆什么。弟妹们在他们双方的关系上，也多有对母亲的不满，认为父亲向孩子们的动武，经常是母亲拱起他的火。

父亲过去是否自己领过工资，报销过医药费，不得而知。在职的时候，办公室的人可以替他做。但赋闲以后呢？都是母亲的事。到领工资或报销那一天，绝不容许母亲有事耽搁，必须在规定的时间，把钱取回来，否则就吼如炸雷。1970年代，母亲到北京做子宫肌瘤手术，从保定到北京坐火车只有两个多小时的路程，因为有女儿的照顾，父亲不去探望也就罢了；母亲出院后，在老朋友家养息，他也无一个电话和问候的信件。不高兴时竟能说出：你做手术花了我多少钱！也许这是父亲一时的气话。但是从中可看出，走近暮年的他，依然不珍惜老来的相伴。其实，母亲是公费医疗，住院期间家中耗费高一些就是了。从此，母亲的工资不再与他的放一起，他们开始按照比例分摊家庭生活费。

母亲离休后，想上老年大学学习诗词，父亲总是以各种理由阻拦她去上课。要是他们琴瑟和谐，父亲完全可以教母亲。记得，我上大学期间，他就给我讲过诗词的对仗和押韵，古韵与今韵的不同。虽不是系统之谈，也是有点拨的。母亲喜欢出去旅游，她若出门，父亲的生活自有不便，当然不愿意她外出。作为老干部，刚离休时他们每年都有旅游经费。父亲不想动，也不想让母亲出门。我曾听父亲说过，等年纪大了，他要游遍全国各地，吃遍全国各地。不知在他身体还可以的时候为何不践行此愿？母亲有限的两次旅游，都是先与父亲打上一场恶仗，摆出一副一气之下扬长而去的姿态才走的。当然，她走后，是在保定工作的妹妹回家料理家务。母亲在腿脚好的时候，为了照顾父亲，多次放弃了出游，心里感到很窝火，能不经常吵架吗？

父亲晚年，对子女好多了，希望我们经常回家，听我们谈谈外面的事。尤其是过年过节，家里人越多，他的笑容就越多。与父母同住保定市的妹妹一家，为了让父亲多动手、动脑，不至于向老年痴呆发展，星期天总是放下自己家里的事，陪父母吃饭、打麻将。但父亲和母亲的关系却一天比一天恶化，父亲动不动就抢拐杖。有一次，把母亲眼睑打破了，流了很多血。母亲有时会因和父亲打架躲到某个子女家去住。这时，他就给各子女打电话，要求我们回家解决他们的问题。我们经常像救火一样赶回家。母亲说：我天天伺候他，买菜、做饭、拿药、报销。但我生病三天，他连到我屋里看都不看一眼。他宁可饿着，也不去煮点稀饭一块吃。

母亲过去嘴上总说离婚，却下不了决心，一来她觉得面子无处放，二来觉得已经有六个孩子，她放不下。到了晚年，有一次，她和我们商量，坚决要离婚。我们说，你们早干什么去了？现在他八十多岁了，又有病，法院根本不会判你们离婚。我曾经问母亲，总听见您提出离婚，我爸是否提出过离婚？母亲说，他从没有提出过离婚。每次我一提出离婚，他就更加恨我。

他们三天一小仗，五天一大仗，身体也很不好的母亲度日如年。因为我经常站在母亲一边，他们关系的恶化，也殃及我。有一次，父亲让母亲把别人借走他的一本书要回来，母亲觉得这样很尴尬，建议再等一等，他就变了脸。弟弟觉得母亲有理，劝了他两句，他竟然去拿了菜刀向弟弟扑去。弟弟举起凳子，一边挡，一边说：你要敢动手，我就和你拼了！父亲便去报警。警察来了，他指着弟弟说："他思想反动！"

2000年5月，我做了甲状腺结节切除手术，身体很虚弱，就趁病假回了一趟家，一方面想看看他们，一方面想在家调养调养。不想去时正值他们之间的一场风暴刚过。我佯作不知，只是随便说到，我在北京有了新房，想让母亲去住几天。父亲的腿有毛病，已经多年不下楼了。他听了以后，几天不说话。我看他不高兴，也就不准备再提了。有一天中午在饭桌前，他问我，你什么时候走？我说，有事吗？他说要和我算账。我说，有什么账好算的？他什么都不说，突然，拿起保姆刚刚盛好的米饭就往我的头上掷来。我一躲，饭碗摔在地上，碎了；他又拿起一碗，我一躲，饭碗摔在地上，又碎了；再拿起一碗，我也只能躲。就这样，往我头上连掷三碗。我知道，和他没有什么道理可讲，准备拿上背包回北京。但是他事前已经把门锁上，并且看住门对我说，看你能跑掉？于是我又报警，申明有家庭暴力。警察来后，他又对人家大喊我母亲是贪污犯！我是反革命！以他认为最恶劣的措辞掷向我们，以图解气。警察判断他为老年性神经质，劝了他一阵儿，就把我带了出来，使我得以逃回北京。想来真是滑稽，当时我近五十岁了，还要挨八十多岁的父亲的打。这心里，是什么滋味？他和我闹事，完全是因为我要接母亲到北京小住。他对母亲的火气，往我身上转嫁。写到这里，我又想，父亲有什么不高兴，完全可以说出来，干吗总闷在肚子里，寻找出气口？现在想来，在家里确实很少见他有条有理地讲道理。我们小时没有，长大后仍没有。他性格的内向、在人情世故方面的木讷，容易积累情绪，到一定时候，他要爆发一下。难怪他不愿意到机关当领导干部，他没有化解人际交往中的能力。说得简单一点，内心很敏感嘴巴又很笨。在家庭之外，他可以忍耐；在家里，把气撒向亲人，是没有顾虑的。难怪法律也奈何不了家庭暴力。

有一回,我在中央电视台《半边天》节目与主持人讨论电视剧《激情燃烧的岁月》,我说过这样的话:

> 先不要说中国传统的夫权意识如何根深蒂固,就当时的社会情况,仅军人这个特殊的群体,就更具有普遍性和代表性。据说《激情燃烧的岁月》播出时,很多他们同时代的人,特别是身在部队大院的人都说,怎么剧里说的和我们身边的事一样呢?不止一个朋友对我说,他们父母的关系就是石光荣与储琴。我的一个学生是部队子弟,告诉我:"在父母面前,我们只能说是,不许有任何解释和反驳,否则,就把我们赶出家门。"我的父母也是老干部,他们参加革命一个抗战初,一个抗战末。他们的结合,近乎组织的安排。他们的婚姻也有革命资历的差别。母亲是文工团员,父亲是文工团团长,从父亲的角度,多少有一种居高临下的选择。从这点看去,起点就不平等。后来,在家庭生活中,服从革命需要就被置换成服从丈夫,以丈夫为中心,以他的工作为中心,以他的喜怒哀乐为中心。在这个队伍中,等级秩序不是缩小了,而是以革命需要为借口加剧了。像《激情燃烧的岁月》那样的美好结局,在争吵式婚姻中未必占多数。我的父亲是革命队伍出身的作家,不能说没有文化;我的母亲一直在文化部门工作,晚年努力写作,还想上老年大学学习古诗文,喜欢旅游。他们是可以精神沟通的。但是"以我为中心"的父亲,始终没有支持过她。像我父亲这类干部很难培育起对

女性精神追求的尊重。晚年他们完全是出于妥协将就在一起。

从石光荣他们的一生看,不能说没有爱情。爱情的感受层面应该是复杂的、多样的、此一时彼一时的。从他们吵吵闹闹、一辈子没有多少理解看,他们晚年也就是老伴亲情吧。从现代人对婚姻质量的要求看,难道这种以一生的痛苦为代价换来的老年情感,是幸福的吗?在我看来,过程比结局重要。他们的婚姻从根本上说就不是现代意义上的婚姻。

父亲最后的日子

1965年,我们家搬出北京去湖南两三个月,父亲因身体不适应湖南的气候,通过中宣部将组织关系转到了山西省文联。那里的作家赵树理、马烽、西戎、胡正都是他的熟人。到了"文革"后期,他仍有向自己的"根据地"靠拢的意思,河北省是他战争年代比较熟悉的地方,他决定把组织关系落在保定。

20世纪70年代末到80年代初,他的思想并不保守。我看到他写的一篇《夜读有感》,热情称赞宗福先的话剧《于无声处》。他说:"我首先歌颂人民在天安门前如潮的史诗,敬佩《于无声处》的作者。""最好的铜锣、最好的金鼓,也会有一点杂音。但是,人民在欢呼这种惊天动地的锣鼓声!"父亲是剧作家,对戏剧新秀格外注意。他对新时期的小说也很关注。"伤痕文学"热的时候,有个叫李剑的作家写了一篇《歌德与缺德》,指责"伤痕文学"是"暴露文学"。父亲在这篇杂感中说:"我看这些作品好就好在'伤痕'给人的积极力量。'暴露'了四人帮，歌颂了人民，有什么错？""我正在杨树底下听风声，在北瓜地里听雨声，冲天盖地的枝叶，能告诉我们真实风雨的声音。"

20世纪80年代后期，文学批判的声音弱了，很多青年作家从"写什么"转向尝试"怎么写"。那种自我性的写作，使父亲的关注冷却了。似乎从那时起他不再看什么文学作品。

父亲也有过自己的努力，从他的遗物中，我看到他给少年儿童出版社的这样一封信：

编辑部同志们：

纪家秀同志：

前蒙推荐和重版拙著《王二小的故事》，谢谢。

最近我为了庆祝"六一"儿童节，写了一个独幕童话剧《老虎和小猴》。不知现在少儿出版社是否需要这类作品。如为需要，请复，我即寄去，如不需要，也请告知，我再寄给别处。

此致，

敬礼

邢　野

一九八二年三月二十五日

这是父亲的小楷底稿。纪家秀同志回了信，大意是：这剧本于他们出版社不大合适，因为他们的读者对象是小学一二年级的孩子，所以建议父亲寄给《儿童时代》或《少年文艺》。至于后来怎样，我就不知道了，反正没有看到发表的儿童话剧，连手稿也没有见过。

读父亲的小楷信时，我的鼻子一酸。为父亲的不甘心而难过。那年他才六十四岁，怎么会不想写呢？从另一方面看，让一个作家永远保持旺盛的创作精力与较高水准的创作成果，也是不可能的。一个人，青年时代、中年时代、老年时代当有不同的人生。比如和他同代的山西作家马烽、西戎、胡正，湖南作家康濯，都因为做了很多发现、提携新一代作家的工作，使晋军、湘军形成了阵势。可是，不愿意在岗位上工作的父亲，又如何为年轻人开路呢？

父亲也关注思想文化界的动态。每当我们兄弟姐妹在一起议论一些社会上的问题时，他都愿意在旁边听，但很少发言。我觉得他真正的精神寂寞是从这时开始的。他早就声明，再不写东西了。我一直以为，他已经决然放弃。但是2002年，他再一次病倒，让我明白他对停止写作并不甘心。

2002年，一个文化公司与父亲联系，想把电影《平原游击队》改编成电视连续剧，争取在抗日战争六十周年时上演。这几年，一些过去家喻户晓的老电影《铁道游击队》《野火春风斗古城》《小兵张嘎》和长篇小说《苦菜花》《敌后武工队》《吕梁英雄传》等，几乎都被拍成了电视连续剧。改编旧作，既省力，又容易吸引观众，所以形成一股热潮。

父亲听说有人想把电影《平原游击队》改编成电视连续剧，

自然很高兴。他希望身为职业编剧的弟弟接下改编的工作，并让弟弟代表他与那个文化公司签了合同。弟弟同意了，并有意与父亲合作一把。合同签了以后，父亲就坐不住了。天天都在思考剧本的纲目。他希望调动他在敌后游击时期所有的生活积累，将原来的电影故事尽可能地丰富起来。弟弟思考的则是如何有所突破，与今天的观众兴趣接轨。很长时间不失眠的父亲，夜里睡不着了，想起一点什么就在小本子上记下来。多日来，大脑异常兴奋。而八十四岁高龄且有血压高、脑血栓前科的他，忘记了自己身体的承受能力。一天中午，母亲突然看到父亲嘴是歪的，手已拿不住筷子。父亲再度中风！在此之前的十几年里，他曾先后两次中风、血栓，都因为母亲发现及时，抢救过来，并能生活自理。母亲说，父亲第一次血栓，抢救了整整十一个小时，她一天一夜不吃不睡，滴水未进。我们在外地上学的上学、工作的工作，父亲住院一个多月，只有上中学的两个弟弟请假和母亲轮流日夜护理。而这一次，通过急救发现：他已经大面积血栓，不能说话，不能走路，只能全瘫在床了。当我们闻讯赶回家时，他见到哪一位子女，都要大哭一场。改编剧本的事只好告吹。

这一次父亲病倒，坚决不去医院。他用还可以活动的手，紧紧抓住任何可以抓住的地方，就是不让挪动他。他不能说话，但脑子清楚。我母亲清楚他的心思——他怕回不来。于是就赶紧请大夫上门医治，输液、按摩、针灸。

父亲对母亲依然如故。有一次，母亲因为在外面遇到熟人，回家迟了一会儿，他见到母亲，指着钟表，拿起拐杖就往母亲身上抡。瘫痪在床，并不妨碍向靠近他的人动武。母亲非常生气，几天不到他屋里去。过了一两天，他不见母亲，问保姆，保姆告诉他，奶奶住医院了。他不信，一定让保姆用轮椅把他推到母亲的房间，见到屋里果然无人，脾气上来，坐在轮椅上也要用手杖把母亲桌上、床上的东西全部横扫到地上。这时，对又聋又哑的他，还有什么道理可讲？

于是，我们开始打老年公寓的主意。我和妹妹跑遍保定市所有的老年公寓或敬老院，最后挑中一家新办的规模较大的老年看护公寓；还把弟弟叫来，再去考核了一番。弟弟也认为条件不错，就这样定了。我们选择那里最高标准，给他二十四小时全面护理，夜里有护工在他房间值班。他想吃什么，就给他做什么吃，人家全答应了。那里的伙食真的不错。我们告诉父亲，又给他找了一家看护院，治病、养病相结合，并答应他，母亲出院后可以陪住，他同意了。

以后，我们每星期最少有一人从北京到保定去看他，母亲也不断去看他。大约一年以后，又给他换了一个离家很近的养老院，争取每天都有人去看他。直到他再次因急病住院，去世。

怎么写父亲才算是公正的？我曾试着为他开脱，比如，内心的追求与时代的不适应；不希望被人忘记，却拿不出呼应现实的作品；渴望与人沟通，又惧怕人际关系的复杂；希望妻贤子从，又不得如愿；无数的郁闷无法排解，只好转嫁发泄。

父亲虽然是写过英雄的作家，但他是个常人，且因社会时代、文化背景、个人性格等多重原因，他身上体现着突出的矛盾与人格分裂。

这样写父亲，姐姐不舒服，说，人都过世了，一了百了吧；妹妹说，你写下这些，说明你心里有恨；妹夫说，棍棒出孝子，打骂对于那个年代的人来说太普遍了，有一次我父亲打我，打断了三根竹棍；弟弟则担心低俗小报拿父亲去炒作。有朋友认为我父亲的老年，是一种病态，希望我不要太想不开。我也怀疑这样写父亲对他是否公平，因为他已没有了反驳与解释的能力。

我心里明白，我之所以这样写他，就因为他一辈子刚愎、固执，不会给我们相互交流的机会：谈对他的看法，我们也不可能听到他的解释。

我能体会到的，是他内心的荒芜。他一辈子没有学会爱，没有学会尊重、理解家人，不能珍视为他服务了一辈子、与他患难相扶的妻子。所以，他最终不能获得更多的尊重与爱。他始终没有明白，自己要活得有尊严，也要让他人活得有尊严。

父亲最终没有觉悟。

我写完父亲之后，以为该说的都说了，从此可以把他放下了。其实不然，我做梦依然会梦到他，总是很凶的样子。看来父亲的阴影在我心里是挥之不去了。希望天下的父母，不要把自己生活的不痛快，转嫁到孩子们身上。

我写父亲的文章单独成篇发表以后，家人几乎都与我保持了距离，他们不否认我写的父亲是真实的，甚至说更有甚者，为我不知。但他们不愿意这篇文章为公众所知道。当熟悉我们家人的朋友打电话询问时，他们觉得很失尊严。我们是同一父母所生，我自述的人生，都是与他们有关的不能缺失的环节，观念的不同、角度的不同，客观上让他们感到受了伤害。特别是，他们在手机上看到了《我的父亲》微信版，非常愤怒。我立即让朋友删了微信号的文章。我大姐一再劝我别计较，过去的事就算了。我也觉得人生、人性太复杂，任何人都有不可能很深入了解的一面，因此会有判断上的简单化。就我父亲而言，也许有我不了解的许多事情，但他的人格现象还是明显的，他对家人的伤害性大于责任感。同时他身上显示的文化性格，以及形成这种文化性格的时代背景，正是我要写的。

至于私家生活写什么，怎么写，中国传统文化讲究"子为父隐"，这是正统的伦理。我知道，即便认为你写得不错的人，可能也会想：若让我来写家人，我不会这样写；那么，不看好、不认同的人更会以沉默来回应。甚至认为有悖人伦。也许有人还会说，要写也别写得这么具体，如果人人都这么写，各类家庭背后，岂不成了人性的大染缸？不该写的就不要写。甚至有人说，中国人就是中国人，外国人的笔下，父母或冷漠或粗暴，或酗酒或弃家，是和他们的文化有关。我觉得，马波能写出《母亲杨沫》这样的传记，确实与他的生活阅历有关。而我，看了《母亲杨沫》后，很认同这种写作。他写得很实，不带丝毫虚掩，却是他眼里真实存在过的杨沫。母亲既是曾为亿万青少年崇拜的女作家，也是人生际遇坎坷不平、有着性格弱点的女性。马波写了母亲被人欺骗和不自知的经历，让人看到了她的简单和脆弱，很是同情，并不觉得我们喜欢的作家有多么丑陋。也许，马波的人生处境与个性有对父母不理解或者偏颇的一面，但却是马波眼中和心中的父母形象。我认为，不管这种眼里看到的、自身体悟到的、主观感受到的与生活的全部真实是否有距离，它也是为写作的真义所允许的，因为它代表作者独具个性的视角。当然，我的家人自认为受到我的文章的伤害，我也感到无奈。

我母亲口口声声说，她的写作是为了给儿女看的。可除了我，没有人完全认同她的写作意义，不承认她说的一些家庭矛盾是事实；而且认为，在对待子女问题上她起了推波助澜的作用，她和父亲的矛盾，她也有不可推卸的责任。那么，所谓给儿女看的东西，还有什么意义？她想说出一辈子的郁闷，又要面子，怕人探问：你真是这么不被理解和关爱吗？就在这样的家庭风雨中过了大半生？虽然在常人眼中她也有风光、幸福的一面，但她心里的感受难道不是真实的？我作为女儿、女人、人文学者对她的理解不值得珍惜吗？

我问到我的发小田小野，我说："小野，作为小姐妹，我想问你，我的文章让我们家人很失尊严吗？请你如实、客观地告我你的感觉。"

她说："说实话，我感觉不但没有，而且读后有升华和亲近感。我觉得你让你父亲这样一个早已被人忘记的作家和老革命复活了。所以我哥哥说这首先是个人史。你父亲的老革命资历和才华，过去我们都是不知道的。其次这也是家庭史。很多知识分子的家庭都是一样的，专制人格的家长，只是表现方式和程度不同，我们家主要体现在我母亲身上。看了你的这篇文章，我哥哥赞不绝口，并极力鼓动我写我们家的家庭史，他负责给我出版。"

在微信群中，我看到这样的言论：

> 生活在一个极有个性、权威尊严感特强的家里，你们真难，你妈更难。你写的文章中的父亲太典型了。你敢写一个真实的父亲，太有勇气了。佩服。

> 在另一群里看了你写你爸的文章——我称为"李向阳之父"。写得很真实，很感人。让我认识了一位人民作家。

> 小群写爸爸，写得真实生动！老党员中，这样的知识分子不在少数。

> 一个老革命共产党人家庭的柴米油盐，折射出1949年后的社会大环境。刚刚有朋友给我发信说，专制人格从意识形态看，悠长的中国传统文化就是"家国同构，君父合一"。

> 同感。从一个老革命共产党人身上折射出农民革命的致命弊端：没有跳出封建专制的窠臼。在家里就是家长制，共产党人家里也是这样，何谈民主？

我作为读者觉得她的文章反映了我们过去仰慕的老革命家庭中不为人所知的情况，它可以解释我们原来看不明白的现象。所以我觉得很有价值。现在邢小群的文章说明中国进步了，革命后代也在觉醒。

文坛前辈印象

父亲在1949年第一届文代会后，进入了文艺界。从此，我们生活的圈子和认识的人都是文艺界的人。父亲不擅长交往，使我们认识的人很有限，但也有几位印象较深。

白 薇

我十岁那年，家搬进北京朝阳区和平街五十一号楼。刚到此处，一切都很新鲜，最使我好奇的是三楼上住着一位老太太。她深居简出，一旦出门，总穿一身丝质的衣裙：乳白色的衬衫，衣领镂花，领口上别着一枚晶莹的领针，黑色的长裙一直盖过脚面。天凉了，她出门还是这身打扮。我暗暗猜想：她是不是把御寒的衣服穿到里面了呢？她肤色很白，看上去有六十多岁，其实那时她已经过了古稀之年。当时是1960年代初期，她的穿着莫说与普通人相比，就是在左邻右舍的文艺界人士中，也显得十分特别。她好像来自一个我不熟悉的世界。

她孤身一人生活，雇着一个保姆。有一次，轮到我家收水费，我跟着妈妈上了楼，敲开她家房门，她探出半个身子，一边掏钱，一边忙不迭地对我妈说："我使水很费，我应该多交一份。我使水很费，我应该多交一份。"说罢，把三个人的水费（记得那时，不是看水表，是按人头收费）塞到妈妈手里。那时的人，在秩序和道德行为上都很自觉。比如，我一个同学的爸爸，乘公共汽车忘记带钱，到站下车时，售票员没有说什么，他第二回乘车，不吭声主动多买了一张票。唯有这样，他的心才安宁。我想，楼上这位老太太，大概也是如此吧。

和平街四十九号楼、五十号楼、五十一号楼都是作家协会宿舍。我前面说到，我家在和平街一带搬过一次家，我没有转学，就是指搬到了作协宿舍。我们这片楼房中，住的都是文联、作协的人。

很多年以后，我问父亲，当年住咱们楼上的老奶奶是谁？父亲说："她叫白薇，是位老作家，我上中学的时候，就读过她的诗。"说起她来，父亲的口气是很尊敬的。

白薇平素与邻居不多来往，但对我们姐妹很亲切。有时我在楼道里碰上她，她总把我往墙壁上一贴："站直，不要驼背！"有一回，她买回几盆花，从三轮车上搬下来，就冲我家窗子喊："孩子们，给奶奶搬花儿！"花盆进了屋，牛奶糖便揣进了我们的口袋。我更高兴的是，终于看见老太太家里是什么样子了。她住一处两居室的房间，那时的房子没有厅，只有过道。大的一间她住，小的一间保姆住。她那一间可说是书房兼卧室，左边窗前横放着书桌，背后是一排书柜；右边有一张单人床，铺得很高；还有一张单人沙发和一个立式衣柜。窗帘是淡蓝色的，床罩是淡蓝色的，沙发罩也是淡蓝色的，让人感到舒适、整洁、安静。

转眼就到了春节。白薇奶奶第一次走进我们家，手里拿着四张条屏送给我们，对我妈说："你有四员女将，让她们都当女英雄。"我们上前展开一看，分别是花木兰、梁红玉、穆桂英、樊梨花。

以后，好长时间没有看到她。当她再露面时，皮肤有些黑了，遇到我父亲时，她说，去了一趟新疆。父亲问："是作协安排的？"她说："不是，是我自费去的。我想了解那边的生活。"父亲提起这事，感叹道："不容易，不容易，一个七十多岁的老太太。"

1970年代初，我在大学读中文系。有一回，父亲问我："你们现在的文学课讲不讲白薇？"我心里好笑，那时除了鲁迅，连郭沫若、茅盾、巴金、曹禺，老师都不讲，别说白薇了。即便1980年代以后，因为课时有限，也很少讲到白薇。后来，我教了书，父亲又和我谈起，冰心、庐隐、白薇、陈学昭都是五四以后中国文坛的知名女作家。当时，我没有把这些话放在心上，一来，因为我搞的是1949年以后的文学；二来，1949年以后白薇的作品几乎没有再版过，查找起来很困难。

1980年代，一个夏天，我看到一本中国作家协会会员通讯录，一翻，白薇奶奶还健在，并且还住在和平街，心中萌生了采访她的念头。但没有看过她的作品，是重大欠缺，就开始有意寻找。后来，从一本杂志上读到一篇记述白薇青年时代的文章，得知她为了摆脱包办婚姻，女扮男装，逃出家门，考进师范学校。

就在毕业前夕,她父亲找到学校,串通校长,企图使她重陷火坑。在同学们的帮助下她从厕所出粪的洞口爬出,坐着四等舱,东渡日本,在横滨上岸时,口袋里只剩两角钱了。在日本,为了生存,她当过女佣、女招待、卖水女郎,还到码头上当过两年挑夫,最困难的时候,靠采山上的野果、野菜充饥度日。她也有过自杀的念头,最后还是顽强地活了下来。在日本,她先学生物,准备献身科学以救国,后来在田汉的启发下,投入文学创作中。她写的剧本、小说、诗歌、散文超过百万字,不但为鲁迅等中国作家所看重,而且为日本文学界所注意。在大革命时代,她曾在武汉北伐军总政治部编译局任职,后又参加了"中国左翼作家联盟"。抗日战争时期,她在郭沫若领导的国民政府第三厅工作过,还回乡打过游击。这篇文章没有谈到她与杨骚的感情经历,就已经如此传奇,使我重访她的愿望更强烈了。

那时到图书馆查找20世纪二三十年代的杂志手续很烦琐,也因为我在山西,资料少一些,加上我的专业工作的压力,为了省时间,我先让在图书馆工作的朋友帮我查找,根本就没有考虑到老人的年龄不等人。有一天,我在办公室突然看到《光明日报》上草明的文章,第一句便是:白薇同志离开我们长逝了!那天是1987年9月20日。

望着报纸,心里不知道是什么滋味。当我能够见到白薇的时候,没有能力理解这位值得崇敬的老人;如今,我自信有了理解的能力,却永远见不到她了!

赵树理

1965年年初,我们随父母从湖南来到山西太原。后来才知道,父亲在湖南感到气候不适应,向中宣部打报告,希望回到北方,比如位于石家庄的河北省文联。冀中一带是我母亲的家乡,也是战争年代父母所在部队活动的地方。1958年,父亲曾经下放到河北省文联,任文联副主席,在保定办公。他也曾以作家身份下放到石家庄国棉一厂。但是中宣部回复说河北文联的干部都下乡"四清"去了,一时联系不上,问我父亲愿意不愿意到山西太原。父亲一想,山西太原的赵树理、马烽、西戎、孙谦、胡正几个作家他都认识。马烽、西戎、胡正曾是他文学研究所的同事,孙谦是他在电影局时的同事,就同意先到太原落脚。

住了几天招待所后,我们一家大小被带进一间像庙堂一样空荡荡的大房子里,告知这是我们的新家,并征求父母意见,以便简单装修一下。记得当时,我们眼中充满好奇,可心里却感到从里往外的凉——这房子能住人吗?抬头可见年深日久的梁、檩、椽之类的木构件,屋内没有暖气,或许还有一层人生两地的冷清。据说,山西省文联对我们家的到来,没有思想准备,文联主席马烽见到我父亲时还说:你何时来的,怎么不提前打招呼?显然,父亲以为中宣部既然通知他山西文联同意你去,组织联系就没有他的事了,他自己并没有与山西文联商议具体安排事宜。

我们看到的这一处大院是南华门十六号,院子外面的牌子写着"山西省国民党革命委员会"。西面一排房是民革的办公室,人们从这里经过，看到这牌子总是很好奇。我们住下以后，一出门，人们打量我们的眼光也特别。

几天之后，文联已将像庙堂一样的正房上了顶棚，连同东西两侧的耳房，隔成了四间，并另盖了厨房。厕所在院子里，公用。

人际的温暖也慢慢有了。

我们居住的大院里，有一个小套院，套院里住着先我们几个月来到太原的赵树理一家。我们两家都曾在北京居住多年，但因不住在一处，并不熟悉。小套院里后来又有了老诗人王玉堂一家。

一天，一个身着浅灰色薄呢大衣，个挺高的人登上我们家门前的台阶，还没进门就大声道："老邢，你来了啊？"父亲迎了上去。看上去他们很熟，也很随便。这是我第一次见到赵树理伯伯，他黑红的面色，脸上的褶皱挺深，但人很精神，说是刚从乡下回来。赵伯伯四下打量着我们草草安就的家，对我父亲说：我的书都放在办公室了（作协办公楼有他一间大办公室），家里有两个书柜闲着，搬来你用吧。离开北京的时候，除了公家的配备，我们家带腿的家具全卖掉了，现在机关虽配备了日用家具，但地上一堆纸盒里的书，仍塞不进公家给的两个书柜。其实，文人的书柜怎么能闲着？赵伯伯把书柜让给我们，显然是想让我们少些他乡的孤独和寂寞。

过了两天，赵伯伯让儿子二湖、三湖将书柜搬了来，他自己也乐哈哈地跟了进来。他的书柜上下都是推拉门，上面两扇是普通玻璃，下面两扇粗看像是嵌进两块大理石。父亲摸着下面的柜门正想看个究竟,赵伯伯笑着说:"这也是玻璃的,是我自制的。"语气中带着几分得意。他见我们一家人那么感兴趣地望着他,就连说带比画地讲起这仿制大理石的做法。他说,先弄一大盆清水,待水平稳后,再用毛笔蘸上墨汁,迅速在水平面上画出想要的花纹,然后不等墨汁沉落,很快将宣纸铺在水面上,再把纸平着提起趁湿贴到玻璃上,玻璃的另一面就显出了大理石的图案和纹路,和真的一样。接下去,他又讲了贴宣纸的考究,我目不转睛地望着他津津乐道的神态,心想,赵伯伯真是个有意思的人。

时间长了,才知道,赵伯伯"有意思"处还真不少。每当他的小院传来悠悠的胡琴、笛子声,那就是告诉大家,我老赵在家里。我的两个还不懂事的弟弟和赵树理的小外孙同龄,是一块玩的小伙伴,这时,早就窜到赵伯伯的屋里在他的身旁雀跃了。我们大点的女孩儿,也经常禁不住引诱,想到他屋里多站一会儿,听他讲点什么,总觉得话从赵伯伯嘴里说出来特别俏皮、有味。记得明代解缙与财主智斗的故事就是从赵伯伯那里知道的。当时听了很兴奋,但内容不久便记不太清楚了。后来,从书上看到了这段故事,说解缙家院门外有财主家的一片竹林子,有一年大年三十,解缙在院门上贴了一副春联"门对千竿竹,家藏万卷书"。财主见了很生气,让人把竹子全砍了。解缙立即在春联上添了两个字,变成"门对千竿竹短,家藏万卷书长"。财主更恼火,叫人将竹林连根刨掉。心想,看你还能怎么样?不想解缙又添了两个字,变成"门对千竿竹短命,家藏万卷书长存"。财主傻了眼,黔驴技穷了。当时解缙只有七八岁。自然这是古代阶级斗争的传说——财主真是那么没有文化吗？赵伯伯讲趣事，说笑话，带着浓浓的乡音，加上他的幽默，总让我们乐而忘返。

父母常叮嘱我们无事不要到赵伯伯家打扰，可谁让他那么有意思呢！赵伯伯跟他的儿子二湖还有我大姐聊天时，常说起《红楼梦》。那时，我看不进去《红楼梦》，觉得林黛玉太娇气。听大姐说，《红楼梦》里的诗词，赵伯伯能背了一段又一段，并给他们讲解诗词的意思。赵伯伯知道我大姐喜欢医，就告诉她《红楼梦》里的那些药丸为何那么讲究。连我妹妹遇到不会做的算术题，也去问赵伯伯，因为他总是有问必答，一向耐心、和蔼。有一次他告诉我妹妹，题的答案可以告诉你，但步骤不能说，我用的是土办法，你不能学，学了就入了旁门左道，你们老师该对我有意见了。

那时，我们正是很有求知欲的年龄，赵伯伯对我们真是个谜，我们很难想象他有什么事不知道。

我还向赵伯伯学会了搪火炉。

赵伯伯家厨房的灶火很特别：一个炉膛，大、中、小三个火口通过烟道串在一起用。外面的炒菜，中间的熬稀饭，里面的温热水，炉膛不大，火很旺。赵大娘告诉我："我们家的火炉都是老赵搪的。"快入冬了，我妈不停地嚷着搪炉子的事。也难怪，多年来，我们第一次在没有暖气的房子里过冬，她一想起这就发愁。我自告奋勇地承包了三个铁炉子的搪抹工程。他们以为我是冒傻气，其实，我心里有数——师傅就是赵伯伯。赵伯伯告诉我：往黏黄土里放盐比放碎麻、碎头发之类的东西结实，炉膛不在于大而在于形状。抹泥的时候不能东一块西一块，要从下往上一层压住一层，从薄往厚。搪好后，不能只烤干或晒干便罢，必须用焦炭一鼓作气将里外烧得通红，等凉了就非常结实了。照他的指点，我搪的炉子使全家大吃一惊。他们奇怪我何时学会了这般手艺。那年，我还不到十四岁。

赵伯伯在家的时间并不多，他经常下乡或外出，但他一回来，院子里的气氛总与平时不一样。有一次，他外出回来，端着两碗焖面进了我家："老邢，尝尝老关做的焖面！"老关是赵伯伯的老伴，我们叫赵大娘。父亲一边吃，一边说："不错，不错。"赵伯伯听了很高兴。他说："我出门最想念的就是老关做的面。"边吃边说起山西人的面条有多少种做法和吃法。后来，我们姐妹几个都学会了做焖面。从父亲的口气中知道，他和赵伯伯的交往并不深。父亲还提到，在批判"中间人物论"的时候，父亲参加过中国作家协会党组召开的批评赵树理、邵荃麟的扩大会议。尽管父亲很早就意识到那些批评很过头，但他从未正面对赵伯伯有所表示，他内心多少有些不安。未承想，这一切早就在赵伯伯哈哈的笑声中化解了。多年以后，一提起赵伯伯，父亲总是感怀他的心胸宽阔、为人厚道。

梅 娘

2014年5月7日是梅娘的周年。回想我和她的交往，其实很有限，但每每想来，总是感慨万端。

梅娘的一生,几乎牵涉一个世纪以来中国的命运,其人生背景就是现代中国的图景。梅娘的父亲是近代闯关东开拓东北富饶荒原人的后代,是近现代边贸通商中迅速发达起来的民族工商业者。"九·一八"以后,他从日本买军火支持进山抗日的马占山,拒绝出任伪满中央银行的副总裁,并曾联络内地军阀组织抗日义勇军,不惜毁家纾难。这是一个怎样的民族资本家?梅娘还未成年,就成为伪满洲国的臣民,且居于伪满之都长春,在那里读到高中毕业。她长成于富裕的大家庭,心灵的寂寞催生了她少年时期的写作才华,她拿起笔写小说,借此倾诉自己被压抑的心声。高中毕业,她想到内地读书,伪满的钞票不能兑换民国政府的货币,只好选择去日本留学,在那里认识了她的丈夫柳龙光。他们留学时,曾不露痕迹地在日本各地采购磺胺制剂送往国内抗日战场,后一同回到北平定居。这时梅娘的创作走向成熟,成为1940年代最受欢迎的北方女作家,她的小说获得"大东亚文学奖"。

临近1949年,柳龙光受中共地下党刘仁的委托,去台湾做国民党内蒙陆军总参谋长乌古廷的策反工作,不想柳龙光在舟山口外遇海难身亡。丈夫逝去,梅娘回到大陆。

杨颖的文章中有这么一段话:"在一些人眼里,梅娘是一个孤僻的、很怪的人。北京话说,甚至很'吝'、很'个'的老人,她傲慢、倔强、不随和、不迁就。在另一些人眼里,这是个了不起的老人,她压不垮、吓不倒,她才华横溢、性格坚强、眼光犀利。"杨颖的这些描述,我都感受到了,加之她的热情和善良。

我一直在想，梅娘性格的多棱性，哪一面属于历史，哪一面属于文化，哪一面属于个性？

我是1997年认识梅娘的。因鄢烈山的介绍，她既不拒绝，又很矜持。我表示自己在做一个系列采访，想采访她，还把采访别人的文章送她一阅。她赠我一本《梅娘小说散文集》。

第二次采访她之前，我看了她的作品。对她小说的内容，我印象不深，无非是旧时代封建家庭中女性的不幸，但感觉她的文笔很雅，很静，讲究措辞。我知道，她的作品已经陆续收入《中国新文学大系·短篇小说卷》《中国新文学补遗书系·小说卷》。虽然梅娘的小说没有多少时代的、民族的、政治的社会气息，但她自己怎么看待在沦陷区、在日伪政权管辖下的媒体上发表作品？这是绕不开的问题。当时，我对沦陷区作家作品没有研究，思想上还没有摆脱过去的思维定式。我想，让梅娘谈身世，她可能不太愿意谈，但不能不问。

其实，不要说她的创作经历，就是她的身世，她也是一问一答，不大耐烦。果然，当我问道："您怎么看待在沦陷区的有日伪色彩的报纸杂志上发表作品？"梅娘听了很不高兴："你还是受'不是白就是黑'这种教化比较深。我们生活在沦陷区的人当时并没有'日伪时期'这个概念。只知道凭良心办事，不做日本狗。"我不知道怎样提问题，才能既有历史感，又不让她感到难堪。不要说我们是隔代人，即便是同代人，没有相同的遭遇，也很难有对那个时代际遇的意会。她的批评是对的。让她耐心说明自己的时代经历和认识，不啻于对一个历史空白者的启蒙教育。

也许，她实在不想对一个陌生人谈起过去的伤痛，但理性又告诉她，我的工作有意义，应该支持。所以，在回答我的问题时，她还是尽量举例子让我明白。那天的采访，时间不算短，但不成系统，很不具体。

随着后来的了解，我感到梅娘老人总有一种遇事不惊的淡定神清，唯独对沦陷区文学的历史判定，她的反应比较强烈。1995年，她给女儿的信中说："我终于在我的祖国获得了对我的肯定的评价。"研究沦陷区文学的专家张泉先生说，1999年4月在"《沦陷时期北京文学八年》暨华北沦陷区文学座谈会"上，梅娘有一段慷慨激昂的发言："过去我们评价历史，习惯于不是黑就是白，缺少中间色，这实际是对历史的亵渎。抗战期间，中国有一半国土沦丧，我生活的地方，就沦丧了，个人无法选择。怎么能对他们的作品统统不予理睬，不予承认呢？"梅娘在和我的交谈中，十分认可张中行先生在《梅娘小说散文集》序中说的："有守土之责的肉食者不争气，逃之夭夭，依刑不上大夫的传统，把'气节'留给不能逃之夭夭者，这担子也太重了吧？"她还认可张泉先生在研究中所说的："在沦陷区文学中，有认贼作父的钻营者，有丧失民族气节的愚氓，也有头脑清晰、创作态度认真的作家。他们由于各种不同的原因或主动或被动地陷入这个泥潭。"

有了这些理解性文字，梅娘的情绪似乎平和了很多。她并不愿意张扬自己早期的作品，并不看重把自己和张爱玲相提并论，通过她对张爱玲和萧红的评价，通过她平时的谈论，可以看出，她有着很深的纯文学情结,似乎没有时代政治的尺度,但是也没有逃出时代政治对她的评价。后来,她的那段比较激烈的情绪,也不都是为她个人而发的,而是为沦陷区有正义感、有良知的作家、作品鸣不平。比如,当梅娘知道同是沦陷区的女作家吴瑛的作品被收入康濯主编的《1937—1949新文学大系》时,高兴地千方百计地寻找吴瑛亲人的下落。"渴望把'历史承认了吴瑛,吴瑛不是汉奸'的特大喜讯告诉他们。"她曾和我谈道:"日本方面给我发奖,我就不去领。写电影《归心似箭》的李克异也曾两次被评上'大东亚文学奖',也没有去领。关露曾是大东亚文学者大会的代表,但却是中共地下工作者。"但我从张泉先生编的《梅娘生平著译年表》中看到,1944年11月,梅娘参加了在南京召开的第三届大东亚文学者大会,因短篇小说集《蟹》获第二届"大东亚文学奖"。我问张泉先生,怎么理解梅娘的这次参会?张先生说,前两届颁奖在东京,南京这次开会,日本在沦陷区的统治已成颓势。梅娘的获奖作品很畅销,受欢迎,日本人有邀买人心的意味。这让我想到梅娘说过,"日伪时期"这个概念是后来总结历史的一种说法。"那个时候人们怎么会有在沦陷区就怎么样,到大后方就怎么样,到解放区又怎么样的这种想法呢?"身处其境的人当时没有这种概念,只是凭着民族良心办事。她的父亲、丈夫不都如此吗?对此我再没有提起。

我的文章《你好,梅娘》在《书屋》杂志发表后,我和丁东想去看望她,电话中清亮的话音传过来,表示欢迎。这次见面,仿佛已是熟人。一开始,梅娘就提到看了丁东编的《反思郭沫若》一书，又说起看到了我们的某篇文章。一时间，彼此有了不少共同的话语。她很关注时政，也有自己的阅读渠道。梅娘一定请我们在她家附近一间叫"九头鸟"的餐厅吃饭。那年梅娘七十多岁，走路已有些迟缓，下楼、上台阶，我总想搀扶她一下，她两次甩去我的手臂，真是个自尊要强的老太太。记得那天，她没有谈到我的那篇采访，我想，可能她对我的采访不是太满意。她是小说家，她的笔下有氛围、有细节、有情致。而我对她的采访这些都不够，可能距离她的期望差得很远。后来，我将《你好，梅娘》编入我的小书《凝望夕阳》，出版后给她送书，她也没有说什么。她愉快地和我谈到，她应邀去日本访问，见到一些新老朋友。好像那段时间，梅娘自己的写作也多起来，加上媒体的访问，感觉她有一种回归文坛被重新认同的好心情。

后来柳青（梅娘的女儿）见到我说："妈妈把你的文章给我看了，她挺喜欢的。"或许梅娘的喜欢，多表现为外冷内热，当人民文学出版社要编一本《又见梅娘》时，她曾问我，是否愿意再写一篇，我答应了。这次写的《人间事哪有这么简单》，我用了一些上次没有用的采访资料，也提到我与梅娘在心理上的距离。而后再见面，梅娘仍然不提文章，但相处更自然了。比如，有一次，她不满意我的围巾色彩，把我拉到立柜前，取出一个多彩的真丝锦缎大方围巾，不容置疑地让我围上。"看，这个比你那个好看多了！"我想推却，又不好违其美意，就戴上了。文学家的骄傲，人生磨难的不屈，处事尺度的柔韧，在她的人格上都有体现。

说到人生对她的磨难，不免又有许多感叹。在以后的接触中，问到她失去收入来源后的生活，她总是三言两语："不过如此"，"不说也罢"。我便小心翼翼，不再多问。后来在《又见梅娘》一书中，看到很多人对她那段生活的描述。比如，陈放的文章说："在建筑工地，她搬砖、挑土、和泥，一天下来能挣九角钱；火车站的货场上，她摆货位，把土豆、白菜、萝卜装上卸下，一天下来挣九角钱。""冬天买不起煤，生不起火炉，左邻右舍做饭时，常常替她蒸几个窝头、一碗饭，晚上又送来一壶开水。就这样，一天，两天；一年，两年；十年，二十年。窝头、开水，没有炉子，没有煤。"柳青说，星期天她也帮助妈妈去扛冬储大白菜，一包包冰冻的一百多斤大白菜，"压在背上，沉得直不起腰，冰得背生疼"。外孙女儿说，姥姥常让她把别家搬完煤的煤灰扫起来，和水撮成小球，当煤球烧。劳教所的朋友惠沛林说，梅娘靠绣外贸枕套维持生计，绣一叠枕套才三毛钱。当惠沛林的女儿拉练需要五毛钱找到梅娘时，梅娘二话不说，给了孩子五毛钱。梅娘的一个女儿和儿子也先后因病死去。儿子得了急性肝炎，梅娘连饭都吃不上，到哪儿去找钱给儿子看病？她四处告借无果，最后儿子由街道担保送进了医院，终因医治迟误死去。梅娘没有坠入极度的伤心，她对儿子的思念是每月从绣活挣来的十几元钱中抽出十元还给医院。断断续续竟还了四年，终让医院不忍，余欠部分一笔勾销。

梅娘和我说过，小说就是写人间事，那么，面对如此凄凉的"人间事"，如此深刻的丧子之痛，放在小说中，会是怎样伤痕累累的描述？写在散文中又会是怎样地如泣如诉？可是，在梅娘复出后的作品中，这些都写得很少。在散文《往事》《记忆断片》中，才有一些较细致的情节描写。看了那个外调的高官又拍桌子又瞪眼不容分说的审讯逻辑，以及梅娘与其活灵活现的问答，令人拍案叫绝！难怪梅娘不大愿意说，仓促间说出的事，哪有她纤细笔尖的感性与真切。梅娘在另一篇文章中曾写道："蒙难时，不愿痛哭，为的是激励自己，以渡难关；昭雪时，不愿痛哭，庆幸那得来不易的苟安；孤独时，更不愿痛哭，为的是制造一种假象，似乎一切心满意足。"这时我才明白，梅娘看重的是真正的理解，那种一般的同情，一般的溢美，面对她水晶般又亮又硬的心结，都会显得苍白无力。在侯建飞的文章中我看到梅娘这样的解释："所谓苦难，那是一个时代造成的。时代对于每个人应该都是公平的，人要活着，本身就得付出代价。"在散文《告白云》中，她又有解释："生命必然伴随七灾八难，韧才能支撑人类到达彼岸。"不要说当年大祸来临时，梅娘"从来没有怨言和呻吟"；就是走出泥淖后，梅娘的平静也是一般女性难以做到的。她那种豁达的胸襟和思考，近乎宗教性的超脱，让我震惊和敬佩。

也许，有着苦难的经历，让她对一切可以援手之事，都富于同情和热心，截然不同于她对某些事的固执和不容劝说。给劳教中的难友的孩子织毛衣，给邻居李燕平细致周到地介绍婚事，耐心地给绣友们讲解绣图，认真帮助街道办主任办黑板报，这些既可看到民间的同情给她以支撑，又可看到她热情善良的助人本能。她总说，我的朋友很多。支持她帮助过她的老作家康濯、赵树理等，更让她精神上念念不忘。"归来"的梅娘在朋友圈中发挥着她的能量。1980年代，她着手翻译一本日本学者写的《赵树理评传》，2000年才出版。她表示：不是为了扬名，也不要稿酬，只是为了"偿还思念"。她帮助朋友，朋友们也在帮助她。有一次，我问她，是否有人给您介绍过老伴，她大笑："介绍过一个，那是什么人啊！那是什么价值观啊！根本谈不到一块儿。"见了一面，她就否定了。当然，她也有过心心相印的人，那人为她"遮挡过冷风"，种种原因，他们没能相携成伴。

随着年龄的绵延，我感觉梅娘老年性的衰弱在增多。一度，她那里的保姆仅仅是白天的小时工。我们曾介绍一个当编辑的女孩和她相识，请她考虑是否可让女孩晚上住在她那里，一来女孩不必专门租房，二来晚间有个照应。她们相识了，女孩没有去住，但她很喜欢女孩的淳朴与好学。后来女孩考上中国人民大学研究生，经常看望她，以至于女孩毕业后工作又结婚的消息，还是梅娘告诉我们的。

有一年，梅娘去温哥华，与女儿、外孙女团聚，大约住了半年。她给我们来过两封信，每当读到"亲爱的小群、丁东：你们好！"我都感到非常的亲切温暖。来信谈到她在那边的观感、谈到给华人报纸写的散文，如《牙行博士》，谈到与我弟弟的交往。我弟弟移民温哥华，一直找不到合适的工作。事前我也给弟弟去了信，让他去拜访梅娘。弟弟大学中文系毕业，出国前曾在某省社科院文学所工作。他在温哥华一直打零工、开出租，心情颇郁闷。后来,梅娘和我弟弟成了忘年交,大概是弟弟在温哥华总算找到了一个可以谈谈文学的长者,他还把自己写的小散文拿给梅娘看。梅娘后来告诉我,她不客气地批评我弟弟堆积辞藻多,人生感悟不够,但这没有妨碍梅娘对我弟弟的关心。弟弟还和她探讨过,再去读个研究生怎样,后来弟弟在北京找到一份教对外汉语的工作,也几次去看望她。弟弟常感慨地对我说:"梅娘身上有一种我们时代少见的贵族气质。"贵族气质不是财富铸成的,是教养沉淀而成。

柳青操心母亲的身体,多次接她到温哥华居住,并动员她在那边终老,可梅娘不愿意,一定要回来,忙这忙那。后来,我们搬到昌平,离她越来越远。她几乎没有主动来过电话,我们的节日问候,她也从来不说自己的难处,和那些总爱说自己有这病那病的老太太们比,梅娘真是要把坚强进行到底。

梅娘健在时,我没有主动提出给她做口述历史,说实话,我怕她会很挑剔。张泉先生研究她最早,最深入,似乎采访也遭到婉拒。后来,柳青感到时不我待,做了一些录音工作。口述历史作为史学研究,挖掘人生细节最为重要,梅娘的一生,何尝不是现代中国女作家和知识分子的一个缩影?好在,她自己写的家世、经历,以及大家的回忆,已经有了一个传记的模样。

怀念梅娘。

素描的起步

四十多年前，我就开始在报刊上发表文章，退休以后还有报刊约我写稿，但现在越来越写不下去了。文章从来没有像今天这样难写。总得找一个表达精神的出口，我无意中开始了绘画。

退休以后，以绘画自娱自乐的人并不少，但绘画能成为社交工具，而且能通向公共生活的不多。有幸的是，我找到了表达的路径。

我的孙女笑笑喜欢画画，儿媳给她买了各种纸笔，以及相关书籍。我在陪孙女玩的时候，利用这些画材，偶尔一试，感觉画个景物什么的，并不吃力。但我对画风景兴趣不是很大。风景画画好了，能寄托思想感情；但供人想象的空间，说有则有，说无则无。我随手尝试画明星，感觉画得像，也不那么费劲。于是，开始比照自己的照片和丁东年轻时的照片，在八开纸上各画了两张。认识我们的人看了说，有几分像，便存放在手机里。2018年夏天到甘肃旅游，从敦煌回京途中，遇到一对青年画家夫妻，乘坐同一包厢。他们在敦煌一带风尘仆仆，画了几十天画，画好的画装在木框里，搬进车厢，好像到北京要举办美展。两天一夜的旅程，不免聊起来。我不揣冒昧从手机中调出两张肖像习作，向他们请教。他们一看就知道我没有基础，给我从基本的透视讲起，算是绘画的启蒙吧。

到了2019年1月，丁东建议，把我父母中年时的照片扫描后，用纸打印出来，然后对着窗户，在八开素描纸上勾出轮廓再画。我试了一下，感觉还可以。这种方法是个捷径，结构上不会有大的走形。画好后，给家里人看，都说很像。使我有了最初的自信。接着如法炮制，画了自己，又画丁东，再画经常来往的几个熟人。我给王东成、林淑芳夫妇一人画了一幅。王东成不太满意，林淑芳很喜欢。我才感悟到，选择照片很重要。林淑芳画得比较顺，因为朋友高国杰原照的表情、角度和用光，适宜画像。王东成那张也是高国杰拍的，但不适宜画像。

春节时，邻居吴文越夫妇来做客。吴文越是中国人民大学美术设计专业教师，她看了我的几幅素描肖像，认为人物还有神，但黑、白、灰的关系有问题。我这才知道，黑白灰是素描的基本元素。文越的先生陈跃是中央美院教师，他也给我大略讲了构图的基本常识。虽然都是点了一下，但对我启发很大。我开始通过网络搜索各种素描知识，如何画眼睛，如何画耳朵，人物头部比例等等，并观摩网上老师的现场素描。学到一点，就直接落实到一张张画面中。以我快七十的年龄，童子功不可弥补，只好走些捷径，现买现卖。丁东有个同学，退休后参加单位举办的老年绘画班，从方块、圆球开始学素描，画了一年，还没迈出几步，也就找不到绘画的乐趣。老年学画，主要是寻求生命的快乐，经不起那种科班制的研磨。

我画什么人，取什么神态，是按照自己的趣味选择的。先是围绕想画的人找照片。丁东一直在旁边出主意。我刚画出人物的轮廓，他就来"说三道四"。因为都是熟人，他成了第一观众。他把我画的人物肖像，传给朋友们看。一般人以像不像为判断标准，说了不少支持、鼓励的话。到了5月，丁东提议在我们的微信公众号上展示素描，他来配文。我不揣冒昧，就同意了。其实，透视、结构等绘画的基本原理，我还没有弄懂。但一些朋友看了觉得有意思。这可能与题材的选择有关。到目前为止，我大约画了二百幅素描肖像，其中多数是我们熟识的知识界朋友。我力求捕捉他们的神情，体现当今知识分子的精神追求。也许，这正是朋友们感兴趣的地方。一些专业画家的人像素描，选择的对象多是普通劳动人民，突出他们的淳朴、憨厚。而知识分子的特点就是思考和批判。我选择的照片，不论男性女性，多数都在沉思中，我觉得，只有这样，才能表现他们的精神气质。

李新宇是研究中国现代文学和中国近代史的学者，兼习丹青，在《今晚报》开辟专栏，常年展示文人画小品。他看到我画的作家兼画家老村，很感兴趣，愿意让我也给他画一张，并发来数张照片供我选择。现在看，我的笔触粗糙，有明显不足。我把画像装在相框中送给他时，他非常高兴，回赠了我们他的绘画小品和书法。我突然想到，过去文人朋友见面都要以书相赠，现在没有书赠送了，只好赠送我的画了。

好友贺阳是经济学家，经常和我们在微信上互动。我想给他画像，他提供了十来张照片。这幅素描画得很顺手。贺阳的朋友圈点赞多多。我清楚，不是此画水平有多高，而是他们觉得六十七岁初学能够画成这样，证明人过六十也可学艺。

冯克力是《老照片》杂志社主编。他的形象特点很鲜明。看了我给他的画像，开玩笑说，比我还像我。

山西作家周宗奇在朋友圈发了一条微信，谈到我们几十年来如何由相识到畏友的历程，引发我的创作灵感，决定为他画一张。这一张也不费力，虽然纯粹是临摹，但黑白灰处理得好，他看了很满意。

值得庆幸的是，我在习画之路上，蹒跚学步，就得到了李斌、沈嘉蔚等高人的指点。

2019年11月1日，杜导正先生要庆贺九十六岁生日。10月下旬他向我们发出家宴的邀请。送什么礼物祝寿呢？我决定画一幅肖像。这幅画得到杜老和朋友们的好评。这时，专家的眼光出现了，沈嘉蔚先生指出"有明显的透视错误"，但同时肯定"除了比较传神之外，它有很神奇的空间感，整个额头几乎有光感，在近乎白描的作品里，这种效果是非常难得的。我想可能得自于用笔轻重控制得法，加上近景眼镜腿的浓黑形成的恰到好处的对比"。

独立学者傅国涌是我的老朋友。2019年11月《北京青年报》编辑王勉约我为傅国涌的个人史版面画插图。这是我第一次接受媒体约稿，觉得必须认真对待。画出初稿，通过微信请画家李斌指教，反复三次，方才定稿。

丁东和李斌相识已有十多年。十多年前，丁东到上海参加人文教育方面的学术研讨会。某晚李斌来到会上，邀请他和谢泳一起到家里看画。他艺术功力深厚，少年时崭露头角，知青年代创作的宣传画流行全国。改革开放初，到中央美院研修，后来到海外发展，以油画人物肖像见长，台北国父纪念堂正中的孙中山像，就出自他的笔下。后回到上海发展。那天晚上，丁东和谢泳与他话匣子一打开，就聊到半夜，从此成为朋友。丁东回来就兴奋地和我说起李斌的画。待丁东再去上海，李斌专门给丁东画了幅油画肖像。

李斌指导我的方式主要是用微信音频留言。有时也在我画稿上点出有问题的地方，再用语音说明。他提醒我，人物面部不要画得太乱，把握不好，容易画脏。他建议我参考陈老莲的"水浒叶子"。当时，我对人物体形没有感觉，哪敢下笔。有一次他看到我画的资中筠，很赞赏，并纠正我的明显不足，说即便线条清淡，应该交代的地方都要交代。当我选择作家赵瑜的侧光照，只有一线亮光时，李斌让我注意头部，他说赵瑜面部从亮点到最黑暗处，层次没有出来，应该暗的一定要暗下去。有时，我不好意思问他，但他看到问题，总是在第一时间指出来。认为画得不错的地方，也及时肯定。

2019年12月28日是法学泰斗江平九十大寿，我又想来一次挑战，找了一张他的很有气场的照片，希望画出他的个性。我希望画得好，画得对，不但发给李斌，也发给在澳洲的沈嘉蔚先生。

沈家蔚也是丁东的朋友。2005年底,福建教育出版社出版了沈嘉蔚主编的三卷画册:《莫理循眼里的近代中国》。莫理循早年是英国《泰晤士报》驻中国记者,当过袁世凯的政治顾问。他用相机记录了不少民国初年中国的真实场景,涉及的社会场景和地域相当广泛。这批资料在悉尼已经静静地躺了将近一个世纪。为了整理出版,沈嘉蔚忙了七年,那些说明文字看似简要,背后不知付出多少心血,其考证功夫一点也不亚于专业的史学家。出版社约丁东写书评,由此认识了沈嘉蔚。2006年2月,丁东正好到悉尼参加学术讨论会,赶上悉尼图书馆举行这套画册的首发式。与会者将近二百人,不少是澳大利亚政界和文化界的名流,也有一些旅居澳洲的华人,不分肤色,都向沈先生表示祝贺,给以好评。丁东在现场感受到他在当地的声望。丹麦王妃玛丽出生在澳大利亚。2005年,澳大利亚肖像艺术馆决定为这位平民出身的王妃画一幅正式肖像,由玛丽本人选择画家,她从众多候选者中选中沈嘉蔚。我和丁东更喜欢沈嘉蔚的作品是《第三世界》。这幅大型油画,画了20世纪亚非拉的百位政治家,具有惊人的历史概括力和表现力。

沈嘉蔚看了我的江平画像,做了十分具体的指导。他说:"后一张发来的有进步,注意到嘴部的改动,如果下唇再画松一点,如照片上下唇间略有缝隙,略有要启齿讲话状便生动了。这张照片透视很大很难画。目前上半头部画得很好,体积感也出来了。明显的毛病,第一是鼻子透视错了。你仔细比较照片上两个鼻孔,近的大很多。另外由于透视原因,图左的肩部几乎抵上耳垂。你要注意那里有领子和肩两部分，不能略去领子（也即颈部）。另外腮部与耳朵的位置要再往照片靠靠（我明白你主观上想减弱透视的变形）。"他还画来一幅草图，让我看清问题。我又修改后，他说："衣服这样处理已经可以了。整幅肖像现在比较耐看。这种较特殊透视角度的照片非常难画，你的耐心和毅力超出我想象。也因为我吹毛求疵，差点耽误日子。面部表情现在读了丁东文觉得十分匹配。"

沈嘉蔚先生的指导让我感动。他曾在微信中说："小群，您好，我也是自学的，等三十出头到央美进修，早已定型，所以不会画学院派素描。自学的话，注意要形准，可以随时用镜子来检查纠错，画错了坚决改过来。透视和解剖是躲在背后的东西，您把形画准了，这两者都会解决。因为您在这个阶段是对照片画，照片是不会出错的。等您训练到对形准有了足够的火眼金睛，那时对着模特画也可以八九不离十了。"他还以我在微信上的自画像为例，具体地指出："您的自画像可以照一下镜子，就会发现左右不对称的厉害。"

后来我画茅于轼先生。茅先生画册里的像多数是温文尔雅、和蔼可亲的样子。我选择了一张较瘦、有着沉思状的照片。我把初稿先发给沈先生，请求指正。他觉得不太像。我又发了画册上的照片，沈先生真细致，对我说："我考虑将上唇中间那个尖凸强调，（仔细对照照片）这是他的特点。另因为手撑着脸，人中从鼻底开始要略向左手那边斜过来一点，而非鼻梁延长线方向。相应上嘴唇也应该往手的方向左移一点。下唇要缩一点，上唇尖要盖住。"能得到著名画家跨洋指点，我是不是比美院学生更幸运？

这以后，不断与画家交上朋友，比如罗雪村、孔继华、刘亚明、傅红，得到他们不同角度的指点，有的鼓励我走线条速写之路，有的让我找到自己的个性，注意特点，不求形似，只求神似。

我知道，我的基本功不行，也无法弥补，但我从绘画中找到了新的人生乐趣。

后　记

2012年初，我满六十周岁，从教师的岗位上退休了。

六十岁在中国，是步入老年的门槛。《红楼梦》里的贾母，儿孙绕膝时也不过这个年纪，却已被人唤作老祖宗了。当时的人寿命普遍不高，如今，六十的年龄还在中年之列，这个年龄的人还很有精气神。退休，仿佛是一段新的人生开始。

几十年来，我的工作转来转去，却没有离开人文领域，退休后也离不开老本行。好在我做的事情不依赖于实验室，想写就写，想说就说，有一支笔或一台电脑就可以了。我一直在调整自己，希望有一个新的开始。我心中的新开始是什么？是新的写作。

写什么？写书评？我不能专事专为，总是有了冲动才写。写博客？有点给自己施加压力之嫌。写微博？没有那么敏感的社会反应能力。说老实话，长久以来当大学老师、当编辑，多是职业要求的写作，而我最想写的，是率性而为的东西。我写不来小说，欠缺诗性思维；喜欢散文随笔，又没有步入较高境界。现在最想写的，就是自己的心路历程。

六十岁写自传，是不是早了些？我的感受是，不算早了。在整理过去的文章时，觉得年纪越轻，笔底越有一种不经意的生气，思维也比较敏捷。随着年纪的增长，笔端开始涩滞，激情也越来越少了。六十岁已过了知天命的年纪，该经历的都经历了，该反思的也应有反思了，这正是回顾过往的好时机。自己过去也写过一些回忆的片段，有了整体的想法，这些片段就像珠子，可以纳入一串项链之中了。

我不紧不慢地写着，一个突发事件刺激我加快了进度。2014年2月末，我们二十三个朋友组团去尼泊尔旅游。我与其中十三人乘坐的是南方航空公司的航班，另外九人乘坐的是马来西亚航空公司的航班。3月7日从加德满都返程时，约好回北京再见。结果，那九位旅友登上了马航MH370，"黄鹤一去不复返，白云千载空悠悠"。生命如此无常，想做的事必须赶快去做，成为我最痛切的感悟。

丁东一直支持我写这本"自传"，他还拿出自己的日记供我参考。我们在乡间的山路上散步时，也多次讨论过这本书的内容。尽管我的笔下，对他多有臧否，他也毫不在意。在他看来，他的形象如何并不重要，重要的是如何在时代的背景里真实地展示我的人生。

我是个小人物，个人经历能否从一个侧面多少体现一点时代的脉动，只能留待读者去品评了。

2014年9月完稿于北京燕山脚下香堂村
2023年改定

香雪文丛书目

刘世芬《毛姆VS康德:两杯烈酒》 定价:62.00元
夏　宇《玫瑰余香录》 定价:68.00元
汪兆骞《诗说燕京》 定价:68.00元
方韶毅《一生怀抱几人同——民国学人生平考索》 定价:66.00元
王　晖《箸代笔》 定价:68.00元
周　实《有些话语好像云朵》 定价:58.00元
魏邦良《传奇不远——一代真才一世师》 定价:72.00元
刘鸿伏《屋檐下的南方》 定价:68.00元
苏露锋《士人风骨》 定价:68.00元
高　昌《人间至味淡于诗》 定价:72.00元
邢小群《回首来时路》 定价:78.00元
赵宗彪《史记里的中国》 定价:72.00元
陈　虹《替父亲献上一束鲜花——陈白尘与他的师友们》 定价:78.00元

// 集木工作室

投稿邮箱：jimugongzuoshi@163.com
微信公众号：集木做书